POSLEDNÍ NOC
V NEW YORKU

RAJNEESH PRANAPATI

ČÁST PRVNÍ
BESAME MUCHO

1 KOUŘOVÁ PANENKA

Bylo šestnáctileté voňavé léto, svěží poledne. Cestu lemovaly stromy, malovaly na ni stíny. Nejpříjemnější věc, co znám, je stoupnout si pod stromy a obličejem chytat záblesky světla. Dělá mi to dobře.

„To snad nemyslíš vážně!" vyrušila mě z rozjímání Terezka. Celá rozevlátá ke mně doběhla, v ruce sešit mých básní.

„To si myslíš, že jsi básník? Co to je?"

A když nedostávala žádnou odpověď:

„Šunt!" Mrskla jimi na zem. Terezka byla vášnivou obdivovatelkou Rimbaudovy poezie a rozčilovalo ji, že nejsem tentýž geniální pisatel jako on. Nedokázala pochopit diletantství mladého věku, mou aroganci, moji přílišnou hrdost. Vždy jsem ji škádlil tím, že jsem nositelem Rimbaudova odkazu - byl mi předán belgickým spisovatelem Jacquesem Roisinem.

Jednalo se o poslední Rimbaudova slova těsně před smrtí, která řekl své sestře Isabelle. Odkaz se týkal jeho slavné básně Samohlásky. Byl předáván ústně a jednou si našel cestu ke mně. Terezce jsem ho nikdy neřekl.

Mé básně si svobodně poletovaly po

prašné cestě, Terezka zmizela za zatáčkou, snažila se doběhnout spolužačky. Já jsem zase zavřel oči a chytal slunce. Na hlavě jsem si přidržoval slamák a dál přežvykoval kus trávy v hubě. Slunce mě začalo trochu škádlit skrz dírku ve svrchníčku.

„Chechéché!" ozvalo se za mnou. Přicházel Vincent, můj dobrý přítel. Ani jsem neotevřel oči. Vincent začal skákat kolem mě a sbírat papíry.

„Rybičky," pronesl vznešeně.
„*Rybičky, rybičky, maličký.*" Vytrhl jsem mu papíry z ruky.
„No co jéé!" ohradil se.

Mě vždy přitahovaly ženy, které jsem nemohl mít, co měly nějaké tajemství. V minulém století takové ženy nebyly, až na Terezku, a později Lili. Proto jsem tajemství hledal jinde, u mužů a dětí. Potřeboval jsem dobývat srdce, ženská dobývat nešlo. Zjistil jsem tak, že miluji duše. Ne lidi, ne ženy, ani muže - ale duše, pro které stojí za to žít. To není věcí přitažlivosti, to je věcí lásky. Ptáte-li se, do koho se vždy zamiluji, odpovím:

„*Do svého nepřítele, který se mi ani za mák nelíbí.*"

Nemusíte se obávat, že bych Terezce
svou lásku nikdy nevyznal. Předal jsem jí ráno
kolem deváté papír olemovaný červenou linkou,
kde jsem pro ni složil milostnou báseň, byla
samozřejmě po umělecké stránce špatná. Psaní si
převzala a sedla si ke druhému stolu napříč
ode mě. Sedla si s dostatečnou vážností, otevřela
ho a pozorně četla. Jak jí oči běžely po řádcích,
usmívala se. Mou lásku neopětovala.

Terezka vedla podivně bohémský život.
Ukrývala v sobě hodně, dospělí lidé ji nebrali,
mysleli si o ní, že v ní nic není. Mýlili se.
Dorostla toho dne, kdy jsme se s kamarády
vraceli z kina. Hovořili jsme o filmu Úplné
zatmění, o umění a poezii. Poprvé v životě jsem
zažil metamorfózu ženy v umělkyni. Toho večera
jsme se šli všichni podívat na Hruštici. Seděli
jsme spolu na hřbitovní zdi, mlčeli a dívali se
na západ slunce. Bylo chladno, tráva změnila
svůj odstín na tmavě modro a mě náhle napadlo,
že umělci mají krátký život.

Byl jsem poslední, kdo ji navštívil.
Ležela na nemocniční posteli, v žíle kanylu,
nad hlavou jí odkapával čas. Až ten den jsem
ji viděl nahou. Měla zjizvené ruce, kůže byla
bledší snad o tři stupně, tep měla neznatelný,
nevnímala mě. Společně se zdravotní sestrou
jsme ji převlékli. Pamatuji si ještě dnes, jak se

její tělo na krátkou chvíli opřelo o mou hruď.
Ticho narušovalo jen klapání bot z chodby, slunce
zašlo a pokoj se ponořil do tmy. Seděl jsem vedle
Terezky, sledoval její hruď, každý její nádech,
výdech, nádech, výdech, a pak už se nenadechla.
Zavřené oči, řasy ztěžkly jak krajky nasáknuté
vodou. Složil jsem jí ruce na prsa - a ještě jako by
se jí zachvěla víčka, vtisknul jsem jí políbení na
rty. Byly studené, ucítil jsem závan gaulloisek.

Na Terezku mi zbyla jediná hmatatelná
vzpomínka - společná školní fotografie. Sedíme
tam vedle sebe na trávníku, v rukou máme
pampelišky. Mohlo by to na ní vypadat, že spolu
chodíme. Nebylo tomu tak, byli jsme si velice
blízko, ale přesto mezi námi byla obrovská
propast a ani jeden z nás ji nebyl schopen
překročit. Terezka proto, že nechtěla, a já,
že jsem měl příliš krátký krok. A přeci jen -
jednou mi báseň pochválila. Napsala mi na
papírek:

„Benjamínku, tohle je snad první tvá
báseň, která se mi opravdu líbí. Myslím, že je
dost spontánní a opravdová (nebo se mýlím?).
I kdyby ne, stejně mi tak připadá," a ono
"opravdu" podtrhla. A to mi stačí na celý život,
na tu báseň budu vždycky pyšný.

2 VILA VENDETA

Žili jsme v malé vesnici na severu Čech, kde dodnes stojí náš dům, ve kterém je uložena zlá krev dvou generací. Mí rodiče na něm vypotili své mládí, já do něj vnesl všechnu mstu vůči okolí. U domu stál veliký kaštan, jeho větve sahaly přes silnici a na druhou stranu zahaloval celý náš pozemek. Mohlo mu být tak sto let. Přesně tolik, kolik vesnici. Byl jako zub moudrosti. Jeho kořeny sahaly hluboko a když se ho rodiče rozhodli porazit, neobešlo se to bez bolesti.

Poražení kaštanu bylo velice děsivé. Vzpínal se, vypadalo to, že se větvemi drží za mraky, kořeny se zatínal do mé hrudi. Jsem býk, takže smrt stoletého kaštanu beru i jako osobní prohru. Kaštan se zakymácel ve vzduchu, dav lidí na silnici s napětím sledoval, kam spadne. Strom se náhle převrátil na druhou stranu a koruna s hukotem zamířila na lidi, ti se s křikem rozutekli. Kaštan sebou fláknul o asfalt, silnice praskla a začala se z ní drát voda. Valila se skrz větve stromu. Vypadalo to, jako když kaštan krvácí.

Vila Vendeta – nevím, jestli rodiče někdy pochopili, proč jsem našemu domu dal jméno

„Krevní msta".

„Přistěhovalče!" křičely děti u nádrže, útočily ulámanými větvemi šeříku. Od té doby je pro mě šeřík znakem války. Když vykvete hojně šeřík, znamená to, že v brzké době nastane období bolesti a utrpení. Krev se všude rozlije jako květy šeříku.

„Táhni, odkud si přišel!" házely po mně kamením, vypustily mi duše u kola.

„Taťka se tu narodil, nejsi přivandrovalec," říkala mi maminka před tím, než zhasla lampičku.

Byla zima, venku chumelilo a ze sněhových peřin trčely černé kmínky našich jabloní. Dům byl v těchto dnech znatelně depresivnější, ještě méně přítulný. Možná to bylo těmi velkými okny, která pustila zimu až do obývacího pokoje.

Do sklepa jsem chodil přikládat častěji, i když kamnům jsem ne zcela vždy rozuměl. Měla tolik dvířek, že jsem nikdy nevěděl, která mám nechat otevřená a která naopak zavřít. Ještě dnes si nejsem tak zcela jist, jak fungují.

V naší rodině se topilo vždy uhlím. Pocházím totiž z rodiny uhlobaronů. Rodiče se rozhodli pro uhlí, protože mělo budoucnost. Ještě o několik let později mi tatínek píše sms:

„Topiči elektrárenský, vykládáte si karty, ale dříví nenasekáte, brikety nenanosíte."

Roky jsem vnímal jako jeden dlouhý den. Vše se mi totiž slévalo dohromady, dny, týdny a měsíce se mi k sobě vázaly jako rtuťové kuličky. Každý den si byl sobě podobný, jen jsem byl o něco dospělejší.

Vídal jsem kluka ze sousedství, jak chodí domů. Jejich dům stál od našeho na dvě stě metrů, nicméně během let jsem vypozoroval, jaké má životní návyky, kde mají jakou místnost, v kolik hodin chodí jíst, spát, kdy se učí. V životě jsem ho nikdy nepotkal tváří v tvář, neslyšel jsem jeho hlas, jen jsme na sebe občas mluvili pomocí červeného světýlka videokamery.

Říkal jsem mu Jirka. Každý večer si rozsvítil lampičku na psacím stole, svléknul se do půl těla a posiloval. Vím to, protože jsem seděl u okna, pojídal zmrzlinu a sledoval ho hledáčkem kamery. Věděl, že se dívám. Když si to nepřál, jednoduše zatáhnul závěsy. Já jsem sledoval jeho, on sledoval mě. Věděli jsme jeden o druhém vše, a přesto jsme si nebyli blíž než na dvě stě metrů. Ještě dnes, když stojím v kuchyni zády k oknu, mám pocit, jako by se na mě díval hledáčkem videokamery, jak krájím zeleninu a chystám večeři. Třeba zazvoní a přijde.

„Jsem tak sám a sám, snad jako Markýz de Sade, jenž stává se mým pánem," zapsal jsem do své básně. Snažil jsem se vyrovnat s tím, že na rozdíl od svých vrstevníků jsem zatím lásku nezískal, jen ztratil. Ve skutečnosti se ale mým pánem později stala láska k někomu, koho jsem zatím nepotkal, ta velká, o kterou budu muset bojovat, abych se mohl těšit alespoň pocitem, že jsem se pokusil.

Smysl Vily Vendety se nikdy nenaplnil. Rodiče vždy toužili po tom, abychom tam bydleli jako rodina všichni pohromadě. Jenže osud si s naší rodinou zahrál tak, že jsme nakonec každý skončil jinde.

3 RUMOVÉ MRAKY

Lidé jsou moje posedlost a veliká vášeň. Když někdo vkročí do mého života, zamotá se mi z toho hlava, podlomí se mi kolena. Nečekejte, že když teď začnu o někom mluvit, vyskytne se ve druhém dějství. Tak život nefunguje. Má paměť je krátká a i kdyby vkročil do mého života podruhé, nevšimnul bych si toho. Opět by se mi jen zamotala hlava, ucítil bych vůni rumových mraků.

„Já jsem Marek." Podávám mu ruku, dívám se mu při tom do očí, pevný stisk, vláha rýh dlaně, závan havanského rumu. Hlava se mi roztočila jak v absinthovém opojení, kolena se mi podlomila.

"Promiň, Marínku, musím si sednout." Od první chvíle byl pro mě Marínek. Marek se na mě nechápavě díval, pustil mou ruku a odešel. Vídali jsme se pak každý rok na divadelním festivalu. Víceméně jsme si vyměnili pozdrav, pohled. Nikdy jsme spolu významně nehovořili.

Život vedle sebe skládá veselé a smutné věci a zdá se, jako by o tom nepřemýšlel. Někdy vám jen tak pro radost připraví směs zážitků, které vás zlomí, jen když na ně pomyslíte. Snažíte se dostat se z toho, neutopit se ve vlastním potu.

Jako malý jsem chodil na angličtinu k paní Pajkrtové. Bydlela v Parketovém domě na kraji vesnice, nad železniční tratí. U hlavních dveří měla chrliče, rád jsem sledoval, jak chlístají vodu. Její dům byl provoněn cigaretovým dýmem. Paní Pajkrtová měla havraní vlasy, orlí nos, velké těžké brýle, chraplavý hlas, ale srdce tak velké, že mě do něj dokázala pojmout, když jsem ji navštívil po deseti letech. Měl jsem rád její dům, neupravenou a zarostlou zahradu.

Paní Pajkrtová bydlela vedle Strašidelného domu. Bál jsem se kolem něj chodit, protože v něm vždy cosi hrozivě hýkalo jak o život. Někdy to znělo jako zoufalý pláč, jindy jako urputný křik o život. Snažil jsem se prohlédnout do tmavého okna, ale nikdy jsem nic neviděl. Jednoho letního odpoledne jsem přišel o něco dřív.

Už od silnice jsem slyšel žalostný tón hýkání. Když jsem procházel kolem domu, všimnul jsem si, že jsou vrátka pootevřená. Rychle jsem jimi proklouznul a zamířil k oknu. Uvnitř domu byla tma. Natahoval jsem se na špičky, abych prokouknul dovnitř, ale stále jsem nic neviděl. Hýkot utichl. Dveře do domu byly otevřené. Vzal jsem zlehka za kliku, dveře zavrzaly.

„Halo? Je tu někdo?" špitnul jsem a vkročil do tmy. Chodba neměla žádný zápach, cítil jsem jen muškáty z okna. Všude bylo ticho. Slyšel jsem tikat hodiny na stěně.

„HukuHuku!" Leknul jsem se a uskočil o krok zpět.

Z hodin se vyřítila kukačka, její kukání bylo děsivé.

Ve dveřích vlály závěsy, rukou jsem je pomalu odhrnul. Spatřil jsem strmé schody stoupající do druhého patra.

Při prvním došlapu začaly hlasitě škvrkat.
Pomalu jsem po nich vystoupal nahoru. Zvednul jsem
hlavu a náhle:

„Prásk!" V přízemí se zabouchly dveře. Když
jsem se otočil zpět, hrůzou jsem oněměl. Díval jsem se na
znetvořenou tvář, deformované tělo, které na mě vyrazilo
z bočních dveří na vozíku.

Děsivý zvuk mě překotil ze schodů. Padal jsem
dolů, hrůzu stále ještě před očima. Dole jsem se rychle
posbíral na nohy a utíkal co nejrychleji pryč.

Na hodině angličtiny se mnou nic nebylo. Paní
Pajkrtová však hned poznala, co se stalo.
„To je Olinka, ona za to nemůže. Rodiče se tu
o ni starají, nechtějí ji dát do ústavu," řekla tiše.

Když jsem pak za paní Pajkrtovou přišel za deset
let, dům, kde žila Olinka, byl prázdný. Všechny věci byly
pryč. Rodiče Olinky zemřeli čtyři roky po mém
hrůzostrašném zážitku a Olinka byla převezena
do ústavu.

Marínka jsem potkal ještě jednou o několik let
později, v pražské tramvaji pod Klamovkou. Mám rád
vycházku z Klamovky na Horní Palatu. Stoupat stále výš
a výš. Navštěvoval jsem tam denní sanatorium. Ovšem,

teď jsem jel na oslavu Vincentových narozenin. Marínek seděl celý shrbený, zamyšleně se díval do země, poklepal jsem mu na koleno. Náhle se rozvinul jak okvětní lístek.

„Ahoj, chlape!" Obličej se mu rozzářil.

A ještě dovětek:

Váš prst mi opět zanítil starou ránu
Z celého večera jste si vybral jen tři mé pohledy.
Vím proč - a ani nežádám Vaši omluvu
Stejně jako nechci, aby Vaše ruce voněly po rumu.
Vybral jste si jen tři mé pohledy - o to více bolely.

4 TOMBA

Bylo to o několik let později, dávno jsem již neoplýval mladickou krásou, dokonce i můj hlas měl konečně přídech muže. Tomba se vynořil jen tak ze tmy. Do očí se mi vlila jeho mléčně bílá kůže, jiskry v očích - to není básnický příměr k vzplanutí láskou, jen holý fakt, že ve tmě vypadal jako učiněný ďáblík. Prošli jsme kolem sebe, ucítil jsem závan Rykiel Homme. Přivřel jsem oči. Ticho. Tma. Minuli jsme se a potkali se o pár metrů dál znovu. Vždy jsem se snažil zachytit jeho oči, ale viděl jsem jen jiskry prahnoucí po těle.

Dnes už vím, že to nebyly jiskry prahnoucí po těle, ale po lásce. Říkal jsem mu Mlíčňák.

„A proč mu říkáš Mlíčňák?" zeptal se mě Jack McPhee.

„Protože," chvíli přemýšlím, „protože ho to štve. Já jsem mu řekl, že se mi mlíčňáci nelíbí!" On má přeci jen barvu mléka, a taky je romantik.

„A je naivka! Nezkažená duše." Jack McPhee mlčel a já ještě pro jistotu:

„Je v tom víc úcty, i když skryté za posměch."

Zeptejte se, proč jsem ho nemohl milovat! Protože když já miluji, je v tom už kus vypočítavosti, lidské zloby, protože ještě dřív, než se zamiluji, nevěřím, že to je jen z čisté lásky. Zlomené srdce nenaučíte milovat podruhé, je to, jako když máte podruhé chřipku. Cítíte se ještě víc vyčerpaní, dech máte mělký, na čele vám vyrazí smrtelný pot, srdce bije na poplach. A Tomba? S dětskou naivitou sestoupil do podzemí klubů a šel tam hledat lásku.

Leželi jsme spolu na odpočívadle. Tomba úpěnlivě:

„Pomozte mi!" odsunul jsem jeho ruku.

„Co tu děláte?" dívám se do jeho očí.

„Hledám tu," stále mě prořezává zrakem, „lásku." A ztichl jako pěna.

„Lásku?" rozesmál jsem se, „Vy hledáte lásku tady?" Tombovi se zaperlily slzy v očích, ale pak náhle ve vzteku zmizely.

„Já jedu za dvě hodiny domů! Tak mi
pomozte!"

„S čím chcete pomoct?"

Vidím dodnes, jak slézá po žebříčku dolů
z odpočívadla. Jeho bělostná pleť mizela
v hloubce tmy. A možná to znáte, když si
uvědomíte, že jste udělali právě teď další chybu
svého života - vyskočil jsem na nohy, rychle slezl
po žebříčku, vřítil se do spletitých chodeb klubu,
videokabin a volal:

„Pane!" do cesty se mi vmotal muž
s chraplavým hlasem, odstrčil jsem ho stranou.

„Pane s bělostnou pletí!" zastavil jsem se,
teprve teď jsem si uvědomil, že nevím, koho
hledám. Míjeli mě muži, vždycky do mě nějaký
vrazil. A já jsem stál dál, cítil jsem, jak se mi
chvějí slzy na řasách. Vzduch náhle ztěžknul a já
se probudil až další den. Ležel jsem v nemocnici
na posteli a první, co jsem uviděl, bylo přání na
stolečku. Byl na něm Anděl s křídly nejbělejšími
ze všech a pod ním připsáno:

„Jsem Váš Anděl. Tomba" Spokojeně
jsem pak usnul a zotavoval se.

O Tombovi jsem se doslechl od svých
přátel, že se má dobře. Potkali jsme se pak ještě
o několik let později. Mířil jsem k odletu do New
Yorku. Podávám lístek, zvednu hlavu, naše oči se

setkaly, lehce se mi z toho rozklepaly ruce.

"Letíte do New Yorku?" zeptal se tiše Tomba.

"Ano, už se nevrátím," odpověděl jsem.

"Šťastnou cestu," popřál mi.

"Děkuji, děkuji Vám za všechno, co jste pro mě udělal." Tomba sklopil oči.

"Dobrý den, letíte do New Yorku?" a vzal si lístek od dalšího člověka.

Přehodil jsem si plášť z ruky do ruky, stále jsem se na něj díval, ale jeho oči už směřovaly jinam. Já jsem již do jeho života nepatřil.

Co jsem to udělal? Tombo! Já jsem Vám zlomil srdce! Stáhlo se mi hrdlo, cítil jsem, jak se ze mě dere vzlyk a slzy, ale navenek jsem zůstal ledově klidný. Otočil jsem se a zamířil do letadla. Začal pro mě nový život. Odlétám do New Yorku.

A jen pronesu tiše:

"Besame Mucho."

5 KREV

Vrazil mi pěstí do nosu, hlava mi ulítla dozadu, praštil jsem se o zadní sklo. Nic jsem v tu chvíli neviděl, cítil jsem, jak se mi spustila krev. Crčela nosem do krku, polkl jsem ji, byla sladkokyselá. V mžiku jsem si sundal brýle. Hned jsem si vzpomněl, jak jsem dopadnul o bouračce.

Vincent řval na matku. Stála celá bílá ve dveřích, brečela:
„To jsem se dočkala, vlastní dítě na mě řve." Slzy se jí kutálely po tvářích, oči pro ně nebyly vidět. Vincent se ještě ohradil, popadnul tašku a odkráčel k autu. V chodbě jsem zůstal stát já, Euga a Vincentova matka. Ta se jen otočila a s brekem zašla do pokoje, třískla dveřmi. My jsme s Eugou stáli jako opaření, upřímně - nevěděl jsem, co dělat. Zavřeli jsme hlavní dveře na klíč a odešli do auta.

„Nemůžeme odjet nikdy v klidu, že jo?" řekl jsem pichlavě Vincentovi.
„Ještě ty začínej!" okřikl mě.
„Tohle bych si k matce nikdy nedovolil!" odvětil jsem. Vincent se na mě prudce otočil. Leknul jsem se. Jako bych viděl tupého mlátiče, surovce. Bolelo mě to. Otočil se zpět k volantu. Vyjeli jsme.

Když jsme najížděli na dálnici, usnul jsem. Zdálo se mi, jak jedu v kočáře. Najednou ulítla kola, proměnila se v dýně, kolem létala jádra. Moje tělo se natáhlo jako luk a něčí ruce mi rvaly hlavu od těla. Škubnul jsem sebou, začal dělat kotrmelce, motala se mi z nich kebule, křičel jsem:

„Zastavte mě, zastavte mě!" řval jsem jak u vytržení, Vincent viděl jen oči šílence, spálené čelo, krev v obličeji a natažené ruce. Chytil mě za hlavu a snažil se mě vytáhnout z hořícího auta.

„Zastavte mě! Zastavte mě! Zastavte mě!" křičel jsem jak pominutý. Vpředu seděla bez hnutí Euga, hořely jí vlasy. Vincent náhle zazmatkoval, nevěděl, koho vytáhnout dřív. Vyšlehl plamen a spálil mi obličej. Seděl jsem bez křiku, oněměl jsem.

„Tak co, ty buzerante! Kde máš prachy?" Přilítla další rána. Byli na mě tři. Zakrýval jsem si obličej, krev mi crčela mezi prsty. Nemohl jsem z auta utéct, bylo zamčené.

„Nemám žádný prachy! To bych nestopoval!" vykřikl jsem. Znovu mě udeřil. Nemohl jsem se nechat jen mlátit. Mezerou mezi sedačkou jsem ho kopnul do obličeje, v tu chvíli se otočil řidič a udeřil mě - a pak ještě ten, který seděl vzadu. Nebyla šance se ubránit. Každý pohyb je provokoval.

„Tak co s ním uděláme?" smál se ten

vpravo vpředu.

„Podříznem ho!" ukázal na mě ten, co seděl vzadu, přidal mi jednu ránu do obličeje a pak vytáhnul nůž z kapsy. Začal mi s ním mávat před obličejem.

„Ne, zastřelíme ho."

Blekotal jsem:

„Nechte mě, prosím Vás, nechte mě naživu."

Ten zepředu si prohlížel můj krk.

„Zastav!" nařídil a auto prudce zabrzdilo. Vyskočil z auta i s řidičem. Dveře byly otevřené. Nic jsem v té tmě neviděl. Jen jsem slyšel, jak o něčem mluví. Ten, co seděl vedle, mě držel za ruce. Náhle povolil, vyškubnul jsem se mu ze sevření, praštil ho loktem do obličeje a vyrazil z auta. Vyřítil jsem se z něj s řevem, rozrazil je, záblesk nože, nohy v oranici, uřícený dech, výstřel.

Cukal jsem sebou, dělalo to samo od sebe. Klepal jsem se, viděl jsem rozostřeně, lidé stáli na mostě přes dálnici a pozorovali modré blikačky.

„Co, co si to udělal?" vydoloval jsem ze sebe.

„Promiň!" řekl Vincent. Byla mi strašná zima, navlékli na mě několik bund. Někdo mi vyholil vlasy a začal mi ovazovat hlavu. Stále jsem seděl.

„Co jsi mi to udělal." Vincent se
rozbrečel a dal mi pusu.

Seděl jsem na židli. Vincent mi nadával,
jak jsem neschopný, že nic nedokážu a ať si
uvědomím, že jsem už dospělý.
„Chováš se jak malý dítě!" křičel.
„Nezvládneš pár úkolů, co ti dám!"
pokračoval. Díval jsem se na stůl, ruce založené
v podpaží. Každá jeho nadávka mě bolela.
Nedokázal jsem přečíst pět slov, nedokázal jsem
sečíst dvě a dvě. Hlavou mi hrčelo, že nemůžu
dál. A nemohl jsem dál. Sesypal jsem se,
rozbrečel. A teprve pak Vincent zmlknul. O pár
minut později jsem volal na krizovou linku,
ještě stále jsem se nedostal z toho přepadení.

Po půl roce stoupám po schodech
na Horní Palatu, nechal jsem se omámit letní
vůní květů - a v ní, všechen skrytý cit. Květy
z Klamovky mi přinesly klid, po kterém jsem
bažil takovou dobu. Klid píseckých ulic a
vodopádů na Černé Desné je mu podobný.
Přál bych si, aby byl můj život takový.

6 BAROKO

Možná znáte pocit, že to, co se právě stalo, jste už jednou v životě prožili. Přesně takhle jste vzal šálek ze stolu a kapka z okraje vám pohladila článek prstu. Už jednou takhle kolem vás projelo auto, v něm seděl muž a díval se vám do očí. Děsivé déja vu, příslib štastné budoucnosti.

Bylo pochmurné dvacetileté jaro. Sníh a ledový déšť ještě lemoval límec, seděl jsem na lavičce pod stromy, vanul příjemný větřík a po zemi se valily stíny mých myšlenek.

Na asfaltové silnici se ze zatáčky vyhoupnul černý vůz, jeho kola se točila velice pomalu, jízda to byla elegantní.

Auto mě míjelo velice pomalu. Znal jsem to auto, viděl jsem ho již dřív ve snu. Čekal jsem jen, až se zastaví. Neviděl jsem dovnitř, skla byla tmavá. Tušil jsem však někoho uvnitř. Hleděl jsem na svůj odraz ve skle a vyděsil se toho pohledu, který byl plný strachu a obav o budoucnost. Najednou jsem se viděl jako malý, slabý kluk, tak asi dvanáctiletý. Takový kluk ještě neví, že svůj život musí pevně chytit do ruky. Ne, snad jen v souboji o kuličky sebere všechny své síly a soustředí se na svou výhru.

Jako malý jsem nikdy nevyhrál, nikdy jsem totiž nešel do boje s pocitem, že jsem nejlepší. Tím mě stíral Vincent.

To on byl lepší, dokonalejší a možná chladnější. Mně jeho chladné city vadily, nedokázal jsem se s tím smířit, protože:

Toužím po velkých citech, činech svých,
pro lásku svůj život daroval bych!!!

Ten den jsem to auto viděl poprvé a pak ještě mnohokrát. V jeho přítomnosti jsem býval v neklidu, cosi mi ševelilo u srdce:

„Jsi zbabělý a líný!" Ale zlomte člověčí nečinnost, když vás okolí neguje, ranním čajem zapíjíte bílé tabletky na nervy, strach z nadcházejícího dne se snažíte v sobě udusit silnými havanskými cigaretami a poledne oslavujete lahví červeného vína. Takový život je velice pohodlný. Ale je to nemoc, být celý den ponořen do tmavého světa depresí. Nezmůžete nic, sžírá vás to a jako jediné východisko z celé situace vidíte dvůr v městském domě na Žižkovce, když se houráte několik metrů nad ním, opilý, slzy vám tečou po tvářích a stačí se jen pustit a zavřít oči a:

„Pane Benjamine, co to děláte?!"
vzkřikla slečna Jana.

„Slečno Jano," pronesl jsem, ,mám
ulomená křídla."

„Jste Anděl, pane Benjamine. Anděl
s ulomenými křídly," řekla, „já Vám je, pane
Benjamine, ovážu."

„Proč byste to dělala, slečno Jano?"

A v uších mi zní naše první rozloučení:

„Jsem jako Anděl, slečno Jano. Zašustím
a opustím."

„A kam poletíte, pane Benjamine?"

„Tam, nahoru a možná ještě výš! Tam
nad nebe, tam je totiž skutečné nebe, tohle jsou
jen pouhé záclony, které visí z oken."

„Protože Vás, pane Benjamine, i tak Vás
miluji."

„Cožpak jsem Vám neublížil dost?"
zalykám se.

„Takhle mi ublížíte ze všeho nejvíc,"
natáhla ruku do prostoru mezi námi. Stál jsem
na dřevěném zábradlí pavlače, udělal jsem krok
zpět. Poprvé jsem tak zažil let do nebes. Slečna
Jana se mi vzdalovala z dohledu, zmizela ve tmě,
rozpustila se v ní jako při políbení.

„Líbejte jiné rty, pane Benjamine, ty mé

jsou plné hořkosti!" chichotala se slečna Jana.

„A proč tak zhořkly?" ptám se.

„Dosud jsem totiž žádné rty nemilovala.
Ještě žádné rty mě neopily svou láskou." Stáli
jsme na kraji u silnice, hvězdy na nebi tančily,
vzduch šuměl a my se chystali k prvnímu
políbení.

Na Žižkovce toho dne jsem slečnu Janu
viděl naposledy. Pro záchranu mého života
vběhla slečna Jana do silnice, zastavila auto.
Byl to černý vůz s tmavými skly. Slečna Jana
do něj nasedla, jeho dveře se tiše zacvakly a auto
odjelo píseckými ulicemi pryč. Nikdo slečnu
Janu pak už neviděl. Nikdo si nepamatoval,
kdo byl v tom autě.

Já jsem se probudil o několik dnů
později, cítil jsem se jak okoralý chléb, kterému
něco chybí, něco mu umřelo. To poznáte,
když přijdete o část svého srdce, které jste
někomu daroval. Slečna Jana mi zůstala
navždycky vybroušená do paměti, její zářivé oči,
perlivý smích a sladké oslovení, jak mi říkala ona
a ještě pan Luka:

„Pane Benjamine."

7 FEMME FATALE

Bylo ospalé zimní ráno, asi tak jako struny kytary, na niž se dlouho nehrálo. Možná bylo jako cingrlátka v okně, která se o sebe líně třela a sem tam zazvonila. Vlasy lidí stejně harašily ve větru, rozháraně, ale ne rozverně.

Bylo úplně všední ráno, špicky mých bot neměly jinou barvu, nezměnily se, neodřely - jen jsem si tak podřimoval na sedačce, nastavoval rukávy bundy k topení, aby mi do ní šlo teplo.

Tramvaj si to rachotila ulicemi, občas zajiskřily dráty, sem tam zazněl klakson. Řev požárního auta, vzduchem se nesl pach spáleniny kabelů, hadrů, gumy a dámských vysokých podpatků.

V oku mi utkvěl pohled mladého muže. Viděl jsem jen jedno jeho oko, stále se ukrýval za člověka, který seděl naproti mně. Když jsem se pokusil nakouknout přes rameno, udělal úhybný manévr. Jeho pohled jedním okem mě řezal, byl jsem neklidný.

Byl pátek, půl deváté přesně. Vím to, protože mi v tu chvíli přišla sms.

„Lazarská. Příští zastávka Vodičkova." Zběžně jsem si přečetl sms. Psal mi pan Luka:

„Slyšel jste to již, pane Benjamine? Veliký požár v klubu Na Palubě. Lidské oběti!"

Zvedl jsem oči od telefonu. Muž, kterého

jsem sledoval, zmizel. Rychle jsem se otočil. Zahlédl jsem ho na ulici, ale byl ke mně zády. Jeho plášť vlál vzduchem, ruku měl v kapse, vytahoval klíče. Náhle se zastavil a zmizel v domě u Bushmana. Otočil jsem se zpět a ještě jednou si přečetl sms.

Odpoledne jsem se zašel podívat do klubu Na Palubě. Byl to sklepní klub, jediný větrací systém byla malá okénka. K ránu se v klubu válel dým už i po zemi, všichni slzeli, protože to bylo horší než písek v očích. Teď byla zeď kolem okének černá jako bota, všude bylo cítit stopy ohně.

Jediný, komu nevadil kouř, byli zpěváci na malinkém pódiu. Střídali se tu po hodině - déle by v tom kouři ani zpívat nemohli. Jeden večer bylo v klubu neskutečné množství lidí, nebylo místečko ke stání, všichni se třeli o sebe, každou chvíli jsem cítil, jak mi na záda vyšplíchl další nápoj. Všichni se pohupovali do rytmu hudby.

Hráli Kouřící králíci - říkali si tak podle baru na Florenci. Hodina jim vypršela velice rychle, posluchači je odměnili potleskem a nadšeným pískáním. Otřel jsem se o holku s dlouhými vlasy, voněly po jasmínu, ale škrábaly víc než drát. Tomu jsem se velice podivil. Holka na mě vrhla otřesný pohled, ale věřím tomu, že měla naučených ještě třicet horších.

Na scénu vtrhly Plechový volejovky. Bylo to neuvěřitelné, hosté celí ztuhlí. Měli pocit, že tady jsou úplným omylem. Ne že by Plechové volejovky hrály špatně, jen svým stylem zcela nezapadly do celkové atmosféry klubu. Lidé se náhle obrátili a zmizeli pryč. Pomalu se vytratili před klub, zapálili si jointa a juicovali si na ulici. Plechovým volejovkám to nevadilo a odehrály si celou hodinu. Já jsem si konečně mohl sednout na lavici, což jsem také hned udělal. Plechové volejovky hrály pro jediného hosta a tím byl cigaretový dým. Měly pocit, že je poslouchám, a tak hrály dál.

Nevím, jak jsem tam seděl dlouho, byl jsem značně omámen absinthovou vílou, když jsem si uvědomil, že Plechový volejovky jsou dávno pryč. V klubu pozhasínali, jen na pódiu bylo trochu světla. Stála tam holka s dlouhými vlasy, řízla jimi do mikrofonu, byl to zvuk jak v ocelárně. Vzala si mikrofon do ruky a začala se pohupovat. Měla na sobě červenou latexovou sukni, černé děravé punčocháče a vytahaný černý nátělník. Hltal jsem ji očima.

Žádná hudba, jen rytmus jejího těla a pak chvalozpěv:

„Cítím rozprášenou vrchovinu, přichází střešním
oknem a nese stopy naplnění,

letitého poblouznění, prachové střepiny,
z vrchoviny míst, jichž jsem žíla.
I když nalétala mi do očí, běsnění
bolesti nepřišlo, mžitky či zatmění.

Stejně tak nepálila jak mýdlové bubliny
z nekalých slánek vodních žín - a:
Jen klid a tichá vzpomínka,
pohádka, kterou vyprávěla maminka;
srdeční zatmění,
mysl pozmění.
Mou mysl sladce pozmění.
Sladce pozmění. "

Svou píseň bez hudby zakončila pózou
všech zpěváků - prudce zvedla ruku
s mikrofonem. Ovšem v tom gestu bylo vidět,
že je opilá. Vrávorala tam na podpatcích.
Zatleskal jsem jí. Nečekala, že v klubu ještě
někdo je, protože přišla na kraj pódia a houkla
do tmy:
„Co je, vole?"
Na to jsem se vyhoupl do pruhu světla.
Podívala se na mě, změřila si mě rohypnolovým
okem, na chvíli jako by se zklidnila, díval jsem se
na ni, ale pak prskla jako kočka a zmizela. Slyšel
jsem ve tmě vrzat židle, jak mezi nimi
procházela, bouchly dveře. Okénkem se pak ještě
neslo zuřivé „**klip klap klip klap**" jejích

podpatků.

Na zemi v sále jsem začouzeným
okénkem viděl ležet ohořelé podpatky.
Na chvilku jsem znejistěl, jestli to nejsou jehly
„té holky", ale přeci - teď je již dávno v Americe.
Ta holka se jmenovala Lili a byla
zpěvačkou z duše. Pozměnila sladce mou mysl.

8 PÍSECKÝ BOHÉM

Byla to velice bouřlivá a tělesná léta.
Ve vzduchu jsem neustále cítil vůni mužů a žen,
měl jsem volnost na to, abych si užíval. Nebylo
dne, abych neměl návštěvu v píseckém Domě
hrůzy v Nádražní ulici. Celé dlouhé večery jsme
popíjeli čaje, červené víno, absinth
a vychutnávali skromné pokrmy. Mezi nejčastější
návštěvníky mého hnízda patřil pan Luka, Lili
a mnoho milenců a milenek.

S panem Lukou jsem se sblížil jedné noci
při cestě autobusem směr Písek. V tu dobu jsem
ještě nebydlel v Domě hrůzy a neznal jsem
v Písku skoro nikoho. Básnili jsme spolu
o úžasné budoucnosti, malování a hlavně o tom,
jak si užijeme několik let v Písku. Měli jsme vizi
stříbrného přívěsu zastrčeného v lese u řeky za
městem, ale na ten naštěstí nedošlo. Pronajal

jsem si skromný byteček, spíš díru do střechy.
Majitel se o dům očividně nestaral, bylo mu
jedno, jaké nájemníky a pochybná stvoření tam
má, ale vědělo to město. O jaký dům se jedná,
dokáži postihnout jedinou větou:

„První den v bytě jsem našel pod
kobercem hovno."

Ke cti mého hnízda musím říct, že se
stalo velice dobrým úkrytem před nepříjemnými
dny, kdy jsem měl pocit, že mě v Písku všichni
nenávidí. Do hnízda se totiž vrací ptáci a věrní
přátelé. Pan Luka byl jedním z nich. Dlouhé noci
jsme si povídali o ženách, mužských tužbách.
Já jsem vždy ležel na drátěné posteli a pan Luka
se válel na zavšiveném rozkládacím gauči, byl
značně špinavý a roztrhaný, dostal jsem ho
věnem zároveň s hovnem od cikánů, kteří tu žili
přede mnou.
        „Pane Benjamine! Na jakou ženu máte
chuť?" ptával se, když jsme byli těsně před
usnutím.
        „Křehkou, bledou, ale plnou citů a vášně
- a musí mít tajemství!" odpověděl jsem.
        „A existuje vůbec taková, pane
Benjamine?" ptá se dál, oddaluje spaní.
        „Ano, třeba Ada McGrathová!" já na to.
        „Myslím skutečnou bytost, ne z románu!"

dotazuje se dál.

　　„Lili." A zasmál jsem se. Pan Luka se
přidal.

　　Pan Luka byl velice energický a dravý,
při každé návštěvě Lili jsem měl pocit, že cítím
semeno ve vzduchu. Jeho oči byly v tu chvíli jen
pro ni, každé slovo bylo určeno jejím uším.
Stejně hbité měl i ruce, ale Lili měla dost
osobitosti, aby dala najevo, co pan Luka smí a co
ne. Má cesta byla jiná. Věděl jsem, abych si
udržel přátelství s panem Lukou, že o Lili
nesmím usilovat. Tato cesta byla ve své podstatě
nejšťastnější, protože mi dovolila Lili poznat z
více stran. Navíc jsem se tím stal pro Lili
nedostupný, jako ona pro mě. Odvěká lidská
touha ale je, právě objevovat to zakázané.
Jednoho večera jsem takto trávil čas s Lili. Leželi
jsme vedle sebe na posteli.

　　„„Netoužím po tom," podívala se na mě,
„vždycky to po mně muži žádali. Ne že by se mi
to nelíbilo, ale cožpak nemám právo vědět,
že touží po mně a ne po těle?"

　　A já mlčel.

　　„Toužíš po mně, Benjamine?" a položila
si mou ruku na prsa. Mlčel jsem, ale díval jsem se
jí do očí. Cítil jsem ve své dlani její srdce.
Ač ležela na posteli a nevyvíjela žádnou energii
a pleť měla bledou jako sýr, srdce jí vyskakovalo

z hrudi, až jsem měl pocit, že mi proklouzne mezi prsty.

„Dobrou noc, Lili." A lehnul jsem si opět na záda, zavřel oči a usnul. Její srdce jsem slyšel bušit dlouho.

Ráno, když jsem se probudil, Lili lehce oddychovala, svítilo na ni slunce střešním oknem. Vlasy se jí třpytily a jiskry skákaly po řasách. Náhle otevřela oči.

„Co je?" zeptala se.

„Nic, dívám se na tebe." Vstala z postele, během pěti minut byla pryč. Byt zůstal prázdný, jen do něj oknem svítilo slunce. Nechal jsem se laskat paprsky. Řekl bych, že mě to nechalo klidným. Hned na to - až sarkasticky - slyším ťukání na dveře:

„Benjamine, jsi tu?" Tělesná láska za dveřmi, šel jsem otevřít.

9 NĚŽNÁ PŘÁTELSTVÍ

Vždy jsem navazoval něžná přátelství. Byla tak něžná, jak něžné byly mé oči. Kdybych neměl své oči, umřel bych. To samé říkám i o svém hlase, jenže tady jsem promrhal talent již dávno. Dnes už nezapěji melodii tak čistě, lehce mi tón přeskakuje vzadu v krku. Kdežto mé

oči, když se trochu snažím, mají ještě jiskru.
Měly ji stále, jen ji lidé neviděli, anebo jsem byl
příliš unaven a zavřel jsem oči. Byl jsem unavený
hodně.

„Tati, spíš?" ptal jsem se často.
„Ne, mám jen zavřené oči," odpověděl
v klidu, hruď se nezvedla o milimetr, jako by
nedýchal.
„Tati?"
„No?"
„Já jen, jestli jsi tu."

Nesmířil jsem se s krutostmi, které mě
neustále dobíhaly. Musel jsem být o krok před
nimi. V ruce jsem měl dětskou frkačku, když mi
bylo špatně, frknul jsem si na ni, velice rychle
vyloudila na mých ústech úsměv. Přišlo mi to
veselé, frknout si za někým v tramvaji. Vešla se
pěkně do ruky, takže nebyla ani vidět. Každý se
vždycky obrátil, díval se, kdo to udělal. Jen jsem
se na ně podíval a pak se rozhlédnul kolem
a pokrčil rameny.

Jednoho večera jsem se vracel domů.
Bylo mi velice smutno, odletěl můj učitel Robert.
Odletěl pryč, nechal mě tu. Bydlel jsem na
Horních Roztylech. Od metra jsem to měl skrz
podchod, přes louku, padesát schodů a pak

zahnout doprava, rovinka sto metrů, branka
a jsem doma. Očima jsem sledoval drásavý
povrch asfaltu, měl jsem hlavu skloněnou, ruce
v kapsách. Mířil jsem k podchodu, vzduchem se
nesl zápach moči. Netušil jsem, co mě čeká
z druhé strany podchodu.

V podchodu blikala zářivka, visely od ní
lucerny pavučin. Vítr byl studený, složil jsem
ruce na prsou a schoulil se. V ruce jsem držel
frkačku, dlaň zpocenou. Zbývalo mi pár kroků.
Zastavil jsem se, přiložil frkačku ke rtům,
nadechnul se a fouknul, co nejvíc jsem mohl. Řev
frkačky se odrážel o stěny, zářivka se rozblikala
a já zas znovu a zas a ještě jednou naposledy.
Zůstal jsem němý stát, ruce se mi klepaly.
       „Kam jsi mi odletěl, Roberte?"
Do vzduchu.
       „*Kam, kam jen, kam?*" Povzdech, ztěžklá
víčka.

Vykročil jsem jednou nohou, druhou
za sebou táhnul jak raněný kůň. A náhle, dup!
Záblesk nože, vytřeštěné oči, semknuté rty.
       „Ani se nehni!" vyhrkl mi chlap do ucha.
Vydal jsem jen tlumenou hlásku a pocítil jsem,
jak se mi nůž zarývá do krku.
       „Rozuměls mi?" Lehce jsem pokývnul
hlavou a přestal jsem dýchat. Vydechnul jsem

a nechtěl se nadechnout znovu. Za prsní kostí jsem cítil malý tlak a ten se zvětšoval a zvětšoval, postupoval do krku, oči zalézaly do důlků.

„Co děláš?" vykřikl na mě chlap. Omdlel jsem.

Cítil jsem jen ruce v podpaží, jak mi nohy plavou trávou, hlavu na zemi. A pak: facka.

„Slyšíš mě?" mumlal na mě.

„Roberte," šeptal jsem. Viděl jsem černé havraní vlasy, mezi nimi probleskalo asijské oko. Muž vypadal jako bojovník, nemohlo mu být víc než třicet. Pečlivě si čistil svůj nůž, aby byl nablýskaný. Třpytil se od měsíce jako hladina vody. Náhle jeho zrak utkvěl na mém. Sledoval jsem jeho tmavé oči, růžové bělmo, pár teček světla na panence a pak, jakoby opálenou pleť – odstín, po kterém bažím léta, když ležím na slunci. Uchvacovaly mě jeho rty, červené jak višně, uvolněné koutky úst. Ještě jsme se na sebe dívali. Jeho oči byly ty nejsmutnější, které jsem kdy viděl. Jenom koně mají takové oči. Nemusel říct slovo a věděl jsem o něm vše.

„Byla to jediná šance, jak zůstat naživu," špitl jsem. Stále se mi díval do očí a přitom dál čistil svou zbraň.

„Byl to úkol, že ano!" vykřikl jsem na něj.

„Měl jsi mě zabít!" Vyskočil jsem ze země a vrhnul se na něj.

„Měl jsi mě zabít!" křičel jsem na něj
a mlátil ho hlava nehlava. On jen odložil zbraň.

„Měl jsi mě zabít!" vzlykl jsem a pak
okamžitý nápad. Chytil jsem jeho dýku
a natáhnul ruce k bodnutí.

„Měl jsi mě zabít!" Chytil mi ruce dřív,
než jsem se stačil bodnout. Na rozdíl ode mě byl
silný dost. Zmítal jsem se v jeho sevření a pak
padl vysílením. Zastrčil si nůž za opasek.

„Zavři oči," řekl mi. A já to udělal. Cítil
jsem, jak mě přikrývá, a pak si dlouho nepamatuji
nic. Probudil jsem se následujícího dne, nebo
kdy, ležel jsem ve křoví, přikrytý dekou. Nikdo
nikde. Jen jsem slyšel, jak podchodem proudí
davy lidí. Nahmátl jsem něco vedle sebe, podíval
jsem se, byla to moje frkačka.

Nad hlavou mi po nebi přelétlo letadlo:
„Ahoj, Roberte."

Na silnici nad podchodem se prohnalo
auto s tmavými skly, mířilo ven z města.
Jen rozvířilo prach u krajnice a taky noviny,
dopadly přímo přede mě:

„Na Roztylech řádí vrah," zněl titulek.
S nepochopením: „Nebylo to
naplánované."
„Proč tedy?" Díval jsem se mimo.

Na zadní stránce byla reklama: „IPF
- International Pen Friend club - najděte svého
nejlepšího přítele." Kdysi jsem takhle někomu
napsal. Vyznal jsem se mu ze svých snů,
ale nikdy neodpověděl. Mohlo to být další něžné
přátelství, ale nevyšlo to.

10 VEČÍREK U DOKTORKY KOVÁČOVÉ

Večer odpálil cink dvou sklínek
naplněných šampanským. Byla to první věc,
kterou jsem spatřil, když jsem vstoupil do domu
doktorky Kováčové. Doktorka Kováčová byla má
přítelkyně z dávných dob. Seznámil mě s ní pan
Luka na narozeninové oslavě. Doktorka
Kováčová byla mladá tak jako já, měla ovšem
jiné cíle. Narozdíl ode mě byla obdařena velkým
talentem pro studia přírodních věd.

„Benjamine, já nikdy nenamaluji tak
krásný obraz jako ty," řekla, když jsem ji před
lidmi vyzdvihl.

Doktorka Kováčová měla velice silné
charisma. Lidé často propadli jejímu vyprávění.
Jejím nejoblíbenějším tématem byly zbraně
hromadného ničení. Tenhle večer se věnovala
popisu speciálního druhu granátu, který obsahuje
nebezpečnou látku reagující na kyslík. Lidé jí
naslouchali, v jejich očích se zračil úděs, který

v nich vyvolávala. Pak se vesele zasmála
a dodala:

"V podstatě je to takový napalm!"
Myslím, že se nikdo jiný nesmál.

Doktorka Kováčová nosila dvoje brýle.
Jedny měla vždy na očích, druhé ve vlasech -
když se smála, přidržovala si je rukou, aby jí
nespadly. Doktorka Kováčová slavila své dvacáté
páté narozeniny.

"Tak mladá a už paní doktorka," říkali
o ní.

"Má totiž v zahraničí bohaté tety, co jí
platily studium," zase na to.

"Ale stejně musí mít minimálně talent,
takové mladé dítě a už má doktorské vědomosti,"
až obdivně.

"Zase si od něj koupila jeden obraz,"
změní téma.

Doktorka Kováčová si čas od času ode
mě koupila můj obraz. Trochu mi to zvyšovalo
popularitu, ale nikdy mi nezapomněla
připomenout:

"Nemohu si jich koupit víc, i když se mi
líbí," podívá se na mě a dodá:

"Pak by si všichni řekli, že nemám vkus,
že jsem se zakoukala do tebe a ne do tvých
obrazů." A já jen přikývl, napil se ze šampusky.
Usmál jsem se. Nora se mi podívala do očí. Bylo
mi to všechno jasné.

„Tak na tvůj úspěch, Benjamine," řekla smetanově.

„Díky." Očima jsem sledoval pódium.

„Mám pro tebe malé překvapení," řekla tajemně. Podíval jsem se znovu na ni, jaké by mohla mít překvapení.

„Počkej chvilku." Naběhla do prostoru mezi lidi, všichni jí už automaticky uhýbali z cesty. Potleskem si vydobyla ticho.

„Vážení přátelé." V sále to ještě trochu šumelo, ale pak již byl zcela klid.

„Dovolte mi představit Vám mého dlouholetého přítele, pana Benjamina." Všichni těkali očima po sále, nevěděli přesně, koho mají hledat, ale ruka doktorky Kováčové jim to ukázala přesně.

„Jistě víte, že miluji jeho obrazy a že jsem jeho vášnivou obdivovatelkou!" Lidé se zasmáli.

„Jako svůj dík za jeho přátelství jsem mu dnešní večer připravila malé překvapení. Samozřejmě, že budu ráda, když ho přijmete jako dar i vy!" A udělala dramatickou pauzu:

„Vážení přátelé, pane Benjamine - Lili - zpěvačka z duše!"

Lidé vybuchli nadšením, potlesk rozvířil prach usazený na okraji sklenic, já jsem stál a vzrušením ani nedýchal. Doktorka Kováčová přišla znovu ke mně, plácla mě rukou po rameni.

Můj zrak byl jen upřen na pódium, už mi bylo jasné, pro koho bylo určené.

"Krásné narozeniny, Benjamine," naklonila se ke mně Norika. Podíval jsem se jí na moment do očí.

"Tobě taky, Noriko."

V sále to ztichlo, najednou bylo slyšet klapot podpatků: ono klip klap - dnes však velice tajemně. Dáma přichází. První, co jsem viděl, nohy v šatech - veliký výstřih na zádech, v něm náhrdelník - deset pruhů starozlata osázených kameny. Vzduch prořezávaly její vlasy, rozeznívaly ho, slyšel jsem cinkot.
Zprvu pronášela jen tiše:

Tváří v tvář,
má lásko,
ústy k ústům,

a pak, lavina emocí se vylila do lidí:

chci líbat tvé žhavé rty!
Tváří v tvář,
ty lháři,
rty ke rtům,
sladký ničemo!

Anděle,

rebele, bohéme,
poete,

ještě jeden polibek,
než oba zemřeme.
Kdo vlastně jsme,
zjistíme s posledním polibkem!

Všechno náhle utichlo, hosté mohli slyšet
vřít svou vlastní krev. Tak vystupňovaná to byla
hudba, nejdřív rozvířila hladinu adrenalinu,
rozbušila srdce, zpěv ji properlil, hučelo mi
z toho v uších, šum bublinek krve...

Stál jsem opřený na balkóně a díval se na
noční město. Vál chladný letní větřík, pročesával
mi vlasy.

„Tak, Lili v Praze," řekl jsem a otočil se.

„Správně," odpověděla Lili.

„Tuhle jsem měl pocit, že jsem tě viděl
na ulici, předevčírem." vypadlo ze mě.

„Přijela jsem dnes, na pozvání doktorky
Kováčové."

„Ta dívka byla menší."

„Menší," zopakovala po mně.

„A vyzáblejší," pokračoval jsem.

„A vyzáblejší," zopakovala po mně
znovu.

„Měla vrásky kolem očí," dodal jsem.

Lili se usmála.

„To víš. Neviděl jsem tě roky. Jsem rád, že jsi tady," řekl jsem jí.

„Mohli bychom se někdy vidět?" zeptala se, jako by se bála, že mě už neuvidí.

„Musím jít." Městské hodiny začaly odbíjet deset hodin.

„Benjamine," řekla ještě Lili a já zmizel v davu.

Lidé tančili, v sále zněla mysterická hudba, vše bylo zpomalené - lesk a třpyt žen. Muži, lehce přikloněni k ženám, odráželi mou bídu. Rychle jsem se otočil a prodíral se mezi lidmi zpět. Vtrhnul jsem na balkón, ale Lili tam již nebyla.

Na kamenném zábradlí stály vedle sebe dvě sklenky, popelník a na něm položená cigareta - ještě z ní stoupal kouř.

11 KOUŘÍCÍ KRÁLÍK

Lilo jako z konve, voda stékala ve vrstvách po skle, lidé na ulici vypadali jak na impresionistických obrazech, každý jejich krok měl ozvěnu. Autobus zastavil. Rychle jsem si navlékl kabát a ohrnul límec. Prvním krokem jsem rozvířil kaluž, k hladině se vyrojilo bahno. Kapky deště mi zkropily vlasy, pročísl jsem si je dozadu, odkryl jsem si tak na čele jizvu.

„Ahoj, tak jsem tu," pousmál jsem se.

„Vem si tady něco na nohy," řekla teta.
Navléknul jsem si přezůvky na vysoké podrážce,
udělal jsem krok a ztratil rovnováhu. Hlavou
jsem padl na betonový schod. Zatmělo se mi před
očima, schod prořízl kůži.

Jeden schod, a tak změnil moji
budoucnost. Celý život jsem pak měl rád jizvy.

Prudce jsem otevřel dveře a vstoupil do
klidného prostředí. Nade dveřmi se zuřivě
rozklimbal zvoneček. Všichni se na mě podívali
od stolečků a pak zase začali debatovat. Došel
jsem k baru a usadil se na vysoké židličce. Po mé
levé ruce seděl kluk v ošuntělých hadrech, něco
si sepisoval na papírek. Po pravé ruce seděl
chlapík ve vlněném svetru a pokuřoval cigarety
Romeo a Julie.

„Tady máte, pane Benjamine, cigarety
přímo z Verony!" pousmál se Luka a podal mi
krabičku. Na ní se Romeo natahoval po Juliině
polibku.

„Kde jste je sehnal?" zeptal jsem se
nadšeně.

„Seděl jsem kdysi u Kouřícího králíka.
Zapomněl je tam jeden muž. Volal jsem na něj,

ale asi neslyšel."

„Děkuji, to jsou nejlepší cigarety, které jsem kdy kouřil."

Muž ve svetru se na mě podíval. Pokynul jsem mu hlavou:

„Dobrý den."

Přiklonil se ke mně barman:

„Neslyší, je hluchoněmý."

Pokynul jsem mu tedy dvěma prsty. Muž se usmál.

A já k barmanovi:

„Absinth, prosím," a dodal jsem, „dvakrát."

Náhle mi cvrnknula papírová kulička do ucha. Otočil jsem se nalevo. Díval jsem se na kluka, usmál jsem se:

„Tak třikrát."

Kluk se rozesmál. Já jsem se také začal smát. Barman se ke mně opět naklonil a řekl:

„Pán je z Anglie."

Podíval jsem se znovu na kluka a zeptal se:

„Opravdu?"

Kluk mi přikývl.

„Tak to si musíme připít," zvedl jsem panáka absinthu, sklínky ťukly a zelená víla skončila v hrdle.

Hluchoněmý mi nabídl další cigaretu.

„Copak někdy Romeo kouřil?" zeptal se mě otec.

„Určitě. Byl taky mladý, taky rebel," řekl jsem.

„Určitě nekouřil."

„Když ne on, tak kouřila Julie." Otec se na mě podíval. Já jsem mávnul rukou a odešel.

„Zítra odlétám z Ruzyně," řekl mi kluk.

„Hochu, jsi nějaký bledý. To nevím, jak odlítneš. To ti bude špatně. Ne, že bych ti nepřál Ameriku, ale dobře se s tebou kecá." Kluk se usmál. Hodil jsem peníze na bar a vyrazili jsme. Měli jsme značně podlomený krok. Chytil jsem ho kolem ramen a motali jsme se spolu. Nohama jsme dupali do kaluží, měli jsme ucourané nohavice, promáčené vlasy. Ale bylo nám krásně. Smáli jsme se, dělalo nám to velkou radost. Skákání do kaluží mě uvolňovalo. Viděl jsem to i na něm. Byl každým skokem uvolněnější a radostnější.

Seděli jsme na zastávce pod stříškou, nepršelo na nás.

„Vlastně se mi nechce nikam jet. Ne teď," řekl kluk. Podíval jsem se na něho. Jeho oči byly tak smutné, kapky vody mu stékaly po spáncích. Jeho rty byly vláčné. Jeho kůže byla bledá. Měl zkřehlé prsty. Vzal jsem ho za ruku a odtáhnul ho pryč.

„Pryč odsud! Nesmíš sedět! Nesmíš myslet!"

Seděli jsme vedle sebe na vaně. Měli jsme vyhrnuté nohavice a nohy si pařili v horké vodě.

Leželi jsme spolu v jednom pokoji naproti sobě v postelích. Sledoval jsem jeho oči, když spal. Byl spokojený.

Ráno jsem se probudil. Slyšel jsem šramot v kuchyni. Vyskočil jsem z postele.

„Ahoj, jsem budoucí král Anglie, nechceš se mnou posnídat?" řekl kluk.

„Jasně." Sednul jsem si na židli vedle prince Williama a dál jsem crcal čaj. Musel jsem se tomu usmívat.

„Zošklivím si tě. Zošklivím si tě," říkala moje chůva, když od nás odjížděla na delší čas.

„Jak jinak bych to přežila?" dodávala s úsměvem.

Říkal jsem si to, když princ William, ten kluk v ošuntělých hadrech, odlétal pryč.

12 CITADELA

Vřelý podzimní den narušoval jen chlad ulice, stín stromů.

„Action!" zařval režisér. Stál jsem za ním a sledoval jsem jeho práci. Už vím, jaký je rozdíl mezi velkým a malým režisérem. Natáčel se italský dvoudílný film Citadela. S panem Lukou jsme tam krájeli nudu.

„Pane Luko, pojďte, dáme si do nosu!" řekl jsem přímo. Pan Luka se leknul a já po něm mávnul pěstí, on se uhnul.

„Co děláte, pane Benjamine?" smál se. Zahákli jsme se do sebe a odkráčeli ve velkém stylu pryč.

Můj přítel Luka, ten mě vždy něčím překvapil. Seděli jsme v restauraci blízko Václavského náměstí, popíjeli bílé víno a on náhle:

„Pane Benjamine, víte, co mám teď v kapse?" zeptal se s úsměvem, ale záhadně.

„Netuším." Dívá se na mě: „Opravdu netuším!" Strčil ruku do kapsy u kalhot a vytáhnul peněženku.

„Ještě netušíte?" znovu se na mě podíval.

„Nevím! Jak to mám vědět!" Hádat se mi nechtělo.

„Hádejte!" řekl pan Luka. Trochu jsem

byl pozitivně podrážděný.

„Skutečně nevím!" A protáhnul jsem se,
loktem jsem do někoho štouchnul. Otočím se:

„Promiňte, pane - nechtěl jsem."

A on na to: „To nic." A zase k panu
Lukovi: „Nevím."

Co se stalo? V tu chvíli jsem to nevěděl,
až když jsem se s Lukou úspěšně propil do noci,
vybavila se mi ta osoba jako absinthový přízrak.
Byl to pan Tomba. V té době jsme se ještě
neznali. Bylo to naše první setkání, první,
na které si dokážu vzpomenout jen díky absinthu.
Stal se pro mě Absinthovým ďáblíkem.

Pan Luka vytáhnul ze své peněženky
obrázek. Poznal jsem ho hned. Byla to miniatura
plakátu k našemu filmu, který jsme oba tak
vášnivě milovali.

„Vy mě udivujete, pane Luko! To nosíte
stále u sebe?"

Otevřeným střešním oknem vanul
do místnosti příjemný větřík. Seděl jsem s panem
Lukou a Lili v hnízdečku, popíjeli jsme čaj,
míchali do něj cukr čínskými tyčkami, jedli
z jednoho kastrólku.

„To je hrozné, pane Benjamine. Už byste
si měl pořídit lžičky," řekl pan Luka a nasypal si

cukr do čaje z balení, ale značně přesypal.

„Zbytečné nádobí. Kdo ho má mýt?
Nebaví mě chodit pro vodu na chodbu," odvětil
jsem s úsměvem.

„To je večer, že ano?" přidala se Lili.

„Zvláštní večer, nechci na něj
zapomenout," zvážněl pan Luka.

„Musíme udělat něco, abychom na něj
nezapomněli. Aby nám všem utkvěl v paměti."

Všichni tři jsme ten večer napsali dopis,
ve kterém jsme se vyznali ze svých snů a přání.
Zalepili jsme je, napsali na ně jméno, datum
a místo, kdy je chceme otevřít. Naházeli jsme je
do povlaku na polštář a losovali.

„Já mám Váš dopis, pane Luko!" vykřikl
jsem nadšeně. „Sejdeme se tady v Písku na
Kamenném mostě?"

„Ano. Za dva roky, pane Benjamine."

„No, Luko, tak kde mi přečteš můj
dopis?" zeptala se Lili, byla v pohodě a na to
„kde" dala důraz.

„Hm, na Kamenném mostě!" Lukův
obličej se rozzářil. „Ale až za šest let."

„No, koukám, že jste mě pěkně převezli.
Já to na Kamenném mostě rozhodně nemám,"
řekl jsem.

„A kde to máš?" Lili vzala obálku

a podívala se na ni.

Luka se na mě ještě díval:
„Samozřejmě, že to nosím u sebe, je to
pro mě velice cenná věc. Snad si nemyslíte,
že bych Vás nebral někdy vážně!" Až mě
zamrazilo z toho, jak mě Luka opravdu bere
vážně, každé mé slovo, každý můj sebemenší čin.
Díval jsem se na ten kousek papírku, tak pečlivě
složený, slova, která jsem tam vepsal, mě teď
trochu znervózňovala.

Lili se stále dívala na obálku. Luka se
díval na ni. Cítil jsem napětí. Luka chtěl už už
vědět, kde se máme s Lili setkat.
„Lacanau, Francie," vydechla Lili, a hned
na to „na moři, na loďce."
Pan Luka se na mě podíval. Přikývl jsem
mu.
„A kdy?" ptal se Luka.
„Za padesát let," vydechla Lili.
„No to je dobrý," usmála se.

Pan Luka přečetl z papírku:
„Naše cesty se neustále rozcházejí.
A není to naposledy. S velkými nadějemi
do dalších let. Benjamin." A ticho. Mlčel. Pak
náhle:
„Dělám vše proto, aby to nebyla pravda.

Aby se naše cesty nikdy nerozešly. Chápete, pane Benjamine, že jste pro mě nejlepším přítelem?" Nevěděl jsem, co říct.

„Bojím se, bojím se, že by se tohle mohlo stát. Že se naše cesty rozejdou." Měl vlhké oči.

„Pane Luko, tady se naše cesty nikdy nerozejdou." A poplácal jsem ho dlaní na srdce.

„Dvakrát absinth!"

Pak si jen pamatuji rychlost večera, jak jsem byl přilnavý, tulil jsem se ke stěnám, zelené hvězdy mi létaly kolem hlavy, brečel jsem zelené slzy, perlil jsem zelenkavý smích, okouzloval mě kluk od stolu - Tomba, měl zelené jiskry v očích, podpálily mi srdce, vyhořelo mi. Ráno jsem se probudil, vypálené srdce, zčernalé, ze země se zvedal ještě dým, všude jen ohořelé trosky a mezi nimi osamělý poutník s holí v ruce.

13 PLÁŇKA

Obloha se oblékla do ocelových šatů a snesla na kraj kolem sebe tříšť dešťových kapek. Stál jsem na zápraží Soušského mlýna a sledoval proudy kapkopádů. Voda si hledala nové cesty a průlezy, hnala se vstříc říčce. Bylo chladno, zachumlal jsem se do šedého vlněného svetru a zapálil si cigaretu. Vyfoukl jsem dým a zahleděl se na filtr. Vzpomněl jsem si na Luku, kde asi teď je. Bylo to již dlouho, co jsem ho

viděl. Naposledy právě v Praze. Ale teď jsem na
hony vzdálen ruchu hlavního města, bez všech
lidí. Stál jsem na zápraží, vzpomínal
a uvědomoval si svou samotu.

Soušský mlýn stojí stranou civilizace,
vedle něj protéká říčka, která se valí do propastí
vodopádů a tříští se, aby se znovu v údolí
zklidnila. Do města to bylo ze Soušského mlýna
daleko, když jsem se vydal na nákup pěšky, býval
jsem ve městě tak za hodinu ostré chůze. Zpět mi
cesta trvala déle. Chodíval jsem podle vodopádů.
Miloval jsem stín lesa a ten pocit, že jsem tam
sám. Sám jsem rozmlouval, sám jsem se opíjel
krásou. Za několik let sedím u vodopádu
s Toekou:
„I do not have father," řekl Toeka.
Po dlouhé době mi nelhal. Vždy se nechal unést
fantazií lží, ale tentokrát mluvil pravdu. Dokouřil
cigaretu a odhodil vajgl do říčky:
„Adiós!"
To jsem si zapsal do deníku. Ten den, to
odpoledne s ním u vodopádů. Představil jsem si,
že jsem lísteček, který pluje kolem a vidí ty dvě
duše sedět na kraji vodopádů. Tak mladé a tak
smutné, bez naděje.

Čas plyne jako řeka
a já se vezu s ním,

jako zelený lísteček
a míjím svět, pojednou Toeka
- sedí na břehu a tiše sní,
kde je jeho tatíček?

„Who's that pretty boy in the picture?" zeptal se Toeka.

„To jsem já, před lety v Avignonu." Podíval jsem se mu do očí. Viděl, jak jsem vyprahlý, že tady na lásku nenarazím. Provokoval mě tím, že opětoval pohled dostatečně dlouho. Dostal jsem vztek. Popadnul jsem polštář a začal ho mydlit hlava nehlava. Pak už jsme si ani na polštář nevzpomněli a mlátili jsme se jen tak pěstmi. Zavalil jsem ho, ruce mu chytil nad hlavou. Obličeji jsme byli tak blízko, slyšel jsem jeho dech, byl tak horký. Byl ale pod párou a srazil mě ze sebe. Chvíli jsme se takhle převalovali a zase jsme byli tak jako předtím, ale k sobě ještě blíž. Jeho horký dech narážel na mé rty, sledoval jsem jeho obličej.

Oči, tak dychtivé.
Nos, na něm bylo všechno poznat.
Rty, jen je zavlažit.

Byli jsme si tak blízko, náš dech se spojil, bylo to krásnější než polibek, který nepřišel. A od té doby vždy:

‚Bylo to krásnější než polibek, který nepřišel. "

A přeci, jako bych políbení dostal. Toeka
se tehdy loučil se mnou na zápraží Soušského
mlýna. Pršelo, proudy vody.

„Toeko, nezapomeň na mě!" řekl jsem
tiše.

„Don't be afraid!" zasmál se. ‚Look!"
A vytáhnul z kapsy červenou pečeť.

„Toeko, ty to máš!"
A on galantně:

„Of course." Měl stále ještě pečeť, kterou
jsem mu daroval před půl rokem z přátelství.
Bylo to jako malý zázrak. Zastrčil ji zpět, usmál
se a odešel.

V životě jsem ho pak již nikdy neviděl.
Jen jsem se doslechl, že žil nějaký čas
ve vymlácených domech v Holandsku. A pak
jako by se ztratil a nikdo už o něm nevěděl.
Snad ho voda odnesla do exotických krajin,
kde si teď užívá s krásnými ženami.

14 DOPIS

„Naštvala jsem tě něčím?" stálo v řádcích sms.

„Je možné se setkat? Chtěla bych tě cítit nablízku. Tvé rty, tvé tělo." Jedna z dalších sms, které jsem od ní dostal.

„Hmm, hezké," odepsal jsem.

„Chci s tebou šukat. Bude to možné? Setkáme se?" přitvrdila.

„Náš příběh jsem již dokončil," já na to stručně.

„Jak mám tedy chápat tvé zprávy z minula?" nacvakala rychle, prsty jí běhaly po klávesách.

„Hra. Game. Just a game. Gameboy. Naivní dětská hra," nechal jsem plout své emoce.

„Tak si příště dělej prdel z plastelíny a ne ze mě! A vymazej si číslo z paměti!" křičela smska.

„Z paměti nic nevymažeš. Oko za oko, zub za zub!" chtěl jsem napsat, ale nenapsal. Smsku jsem zase smazal. Raději budu sám.

Byla údobí, kdy na Soušský mlýn nikdo nedorazil. Sledoval jsem skrz okna mžení deště, vlasy trávy zmítající se ve větru, prsty keřů křehké jak mé nářky, když přichází podzim do hor. Podzim na horách nemám rád, je příliš depresivní, vlhký, vlévá černé světlo do pokojů. Vše je tak tmavé, křesla, stolky, obrazy, jen venku je bílo. Mlhy se válí po loukách, někdy má člověk pocit, že to není mlha, ale mraky, které se přišly proběhnout kolem domu. To si pak vezmu větrovku, nasadím čepici a vyjdu ven, ztratit se na pár minut ze světa. V tu chvíli jako bych neexistoval. Svět se za mnou zavře, mlha je pevný klíč.

Procházel jsem vysokou mokrou trávou, hladila mě po lýtkách, všeobjímající chlad. Zanedlouho se mi voda dostala i do bot, každý krok pak zvláštně čvachtnul. Svou malost jsem si uvědomoval nejvíc, když jsem chodil po vykácených stráních. Mlha se tu po nich vozila jak děti po klouzačce. V údolí šuměl potok a já věděl, že tu nikdo není. Jen já, příroda, ticho.

Černavé stromy,
strmé stráně,
pláč bříz nad hrobem.

Za domem stála vysoká bříza, pod svými větvemi dodnes skrývá malý náhrobek. Připomíná mi doby, kdy jsem tu ještě nežil sám a Soušský mlýn byl v provozu.

Přijel jsem tenkrát autem domů, nikdo mě nevítal. Bylo nádherně, všude podezřelý klid.

Slunce pálilo, slyšel jsem trylkování ptáků v korunách stromů, jen kotec pro psa byl prázdný, stála tam miska s čerstvou vodou, Kevin byl pryč. Šel jsem se podívat pod dům, obešel jsem roh a závrať, paralyzovaný pohled - Kevin ležel vedle polen na oheň, pěnu u huby, ještě sebou cukal a pak - prudký nádech, tělo se mu vypjalo a ztuhlo v křeči. V tu chvíli jsem měl pocit, že z oken se na mě dívají oči hostů, ale - Soušský mlýn byl prázdný. Otočil jsem se a běžel do domu.

Společenská místnost - prázdná, jen tikot hodin, na stole skleničky, zvlhlé brambůrky v talíři.

Můj pokoj - portrét, tichá hudba se linula z hi-fi věže.

Chodba - jako bych slyšel roj divokých včel.

Ložnice rodičů - nadýchané peřiny, spáči. Vyrazil jsem dál. Otvíral dveře do koupelny, do pokoje pro kuchařku, do pokojů pro hosty a stále volal:

„Mami, tati!" A pak, když jsem otevřel další dveře, jsem si to uvědomil. Došlo mi to až teď, jako když na mě lusknete prsty. Obrátil jsem se. Před sebou schody do přízemí, projít chodbou a znovu dveře do ložnice rodičů.

Stál jsem před nimi, a teď - bál se otevřít.

Stále jsem si nemohl uvědomit, co jsem viděl
v ložnici, když jsem prvně otevřel dveře.

Otevřel jsem dveře - *zvuk cingrlátek
od okna.*

Stál jsem před dveřmi. Otevřel jsem
dveře - *uklizeno, čistý koberec.*

Podíval jsem se na číslo dveří - 3. Otevřel
jsem dveře - *nadýchané peřiny.*

Sáhnul jsem na kliku. Otevřel jsem dveře
- *vůně a la Paris.*

Otevírám dveře - rodiče v posteli, pod
nadýchanými peřinami.

Dva kroky k posteli, odkrytí peřiny.

Leželi tam vedle sebe, maminka zaschlé
slzy u očí, tatínek vážnou tvář - teď o poznání
bledší a trochu slin v koutku úst. Na stolečku
injekční stříkačka, utratili se. Utratili se, jako
utratili Kevina. Dopadl na ně stín rozvodu.
Vím od té doby, co je bolest, která sžírá duši.
Vím, ale neviděl jsem ji do té doby.

Někdy takhle k podzimu mi přišel dopis.
Vypadl mi ze schránky, musel jsem se pro něj
shýbnout. Psal mi můj přítel z Hong Kongu:

*„Můj drahý Benjamine, SARS teď řádí
o poznání víc. Jsem už unavený z nošení roušky.
Nemohu ji sundat ani doma, nevím už, co je*

společná večeře. Včera mi přišla zlá zpráva:

Můj drahý příteli, umřela mi Queenie.
Moje láska! Od rána neustále brečím, zalykám se
- nevíš, jak mě ta rouška dusí. Zbláznim se
z toho. Bolí to! Není ještě tolik mrtvých lidí
- proč zrovna ona musela být mezi nimi?"

Proč zrovna ona musela být mezi nimi?
Proč zrovna mí rodiče museli odejít? Příteli,
napíšu ti o tom dopis...

15 POZDRAVENÍ

 Nejdražší Lili,

píšu bolest, kreslím bolest a kdybych
uměl skládat melodie jako ty, byly by to
nejsmutnější písně světa. Maluji obrazy,
po dlouhé době zase. Vyšel jsem si k vodopádům,
pršelo, měl jsem pod rukou plátno, v kapsách
štětce a barvy, na rameni jsem si nesl stojan,
nad hlavou deštník. Byla to na mě prapodivná
podívaná. Zašel jsem až do lesa, déšť tu byl
mírnější. Netušíš mou touhu malovat. A právě
když nejvíc nemohu, najde se ve mně síla
vzdorovat všemu. Maluji tedy svou bolest na
plátno, kapky mi rozpouští všechnu mou snahu,
ale jsou to ty nejdojemnější obrazy, které jsem
kdy namaloval.

A teď, právě když píšu tento dopis, sedím

na posteli zachumlaný v dece, v jedné ruce pero
a v druhé horký čaj, pozoruji za okny rozverný
déšť, slyším ho také tancovat na střeše.
Poslouchám Nocturno a připadám si
- jako v nebi. Namaloval jsem si tvou podobu na
stěnu. Dívám se do tvých očí, jako bys se mnou
byla celou tu dobu - a ty zatím, kdesi ztracená
v ulicích New Yorku. A třeba ne! Třeba právě teď
sedíš v nějaké pěkné kavárně na rohu ulice,
popíjíš ranní kávu a čteš New York Times...
      Mnoho pozdravů Ti zasílá také pan Luka.
Každý týden mi volá a ptá se, jak se mám. Je to
asi jediný člověk, který ustál mé věčné deprese
a labilitu. Chá - umělci na to vždycky trpěli.
Tuhle mi volal v noci.

      „Pane Luko, už jste unavený?" ptám se
decentně.
      „Nevím, myslíte, že mě unavujete?" řekl
nadneseně s úsměvem.
      „Už jste unavený?" já znovu.
      „To neřešte..." pan Luka stále
s úsměvem.
      „Kolik je hodin?" ptám se zas.
      „Jedna," odpovídá pan Luka
      „Psal jste, kdy přijedu do Prahy. Jenže to
taky vypadá divně, s tou Prahou. Sice tam
pojedu, ale asi tam nebudu bydlet. Ještě uvidím,"
dodal pan Luka. A já:

„No nakonec dobře, že tak."

„Já už to neřeším. Vy se k tomu pořád vracíte. Já to prostě nechávám být a běžet, jak to vyjde, vyvine se, a nakonec jsem i před chvílí psal, že to nezáleží jen na mně, že?" pan Luka trochu vyčítavě.

‚Asi jsem to se svým bezmozkem nepochopil. O kom to tedy mluvíte? Na kom jiném to záleží?" ptám se pana Luky.

„No přece na Vás, Benjamine." Přišla delší pauza, nemluvil ani jeden z nás.

„Tak v tom případě se neuvidíme," odvrátil jsem se stranou.

„Jak říkám, nezáleží to jen na mně," pan Luka znovu, o to naléhavěji.

„Nezdá se Vám, že opakujete desetkrát to samé dokola? My už si vlastně ani nemáme říct co nového, to by byla schůzka," hořce.

Pan Luka naštvaně:

„Dělejte si, co chcete!!!"

„Smažu si Vaše číslo." klidným hlasem.

„Já žádný číslo mazat nebudu... ale Vy si fakt čiňte, jak uznáte za vhodné, já nemám zapotřebí se někomu vnucovat, to teda ne!" Pan Luka určitě zbělal jako popel.

„Přesně!!!" dodal jsem tiše, ale vítězně.

„Já se akorát snažil být takový, jaký jsem byl, protože vyhledávám kontakt, přátelství, učím se, vážím si toho, ale na to musí být vždycky dva!" Luka s hrdostí.

„A na tohle já už - teď - prostě a jednoduše seru," vyhrkl jsem tvrdě a sprostě.

„Jak říkám, dělejte si, co chcete," Luka odzbrojeně.

„Nemáte něco neobehranýho?" já zas, jen abych si rýpnul.

„Nebuďte protivnej!"

Já ještě:

„Budu si protivnej, kdy chci a kde chci. Nevím, proč bych nemoh bejt!"

Pan Luka naštvaně:

„DĚLEJTE SI, CO CHCETE!!!!"

„A Vy už táhněte spáááát!" jako bych křičel do větru.

S kým se asi, moje nejmilejší Lili, stýkáš v New Yorku? Kde trávíš své večery? Navštěvuješ taky nějakého mladého bohéma? Přiletím za tebou, pronajmu si byt poblíž Central Parku, bude to krásný byt se zimní zahradou. Já budu malovat obrazy a ty vysílat kouřové obláčky do vzduchu. Tvůj Benjamin.

Dopis se mi po třech týdnech vrátil do schránky. Na obálce bylo uvedeno:

Adresát neznámý

16 PŘÍZRAK

Seděl jsem v jídelně za stolem, venku se stmívalo, rozsvítil jsem. Jedl jsem polévku z misky, byl to přežitek z dob, kdy bylo nejdůležitější obsloužit hosty a pak teprve sebe - leckdy nevybyl talíř, a tak jsem jedl v kuchyni na stoličce z misky. Byl jsem začtený v knize, když tu náhle rána a lampa u stropu se rozlítla na tisíc kusů. Střepy svištěly po místnosti.

„A!" vykřikl jsem, jeden střep se mi zaseknul do ruky, druhý mě škrábnul na hlavě. Kryl jsem se rukama. U stropu to jen jiskřilo. Pomalu jsem se rozhlédl po místnosti, bylo šero, po stolech se válely střepy, některé zasekané do desky stolu. Do dlaně mi z předloktí stékala stružka krve. Rychle jsem došel do kuchyně, nad dřezem vytáhl střep, opláchnul ruku a ránu přelepil náplastí. Vzal jsem koště a šel zamést tu spoušť. Zrovna, když jsem sypal střepy do koše, někdo ťuká na okno.

„Dobrý večer," oslovil mě muž, když jsem otevřel dveře.

„Dobrý." A než jsem mu podal ruku, otřel jsem si ji o kalhoty.

„Nemohu tady sehnat nikde ubytování, bylo by možné tady?" zeptal se mě a čekal odpověď.

„A ptal jste se u...?" a pak jsem se

rozmyslel.

"Pojďte dál." Vklouznul za mnou
do chodby. Oklepal si plášť, očistil si boty
a teprve pak vstoupil do haly.

"Neznáme se odněkud?" zeptal jsem se
ho. Otočil se:

"Myslím, že ne." Usmál se.

"Ukážu Vám pokoj." Chytil jsem ho
jemně za loket a odvedl do druhého patra.
Otevřel jsem dveře do pokoje.

"No, není to nic moc, ale bude Vám to
muset stačit." Vzpomněl jsem si na rodiče.

"Děkuji, děkuji Vám," řekl, a pak se ještě
zeptal:

"Je možné někde tady poblíž povečeřet?"

"Není třeba nikam chodit, něco
připravím. Přijďte dolů za hodinu." Usmál se
a pak jsem odešel. Když zavřel dveře, ještě jsem
se obrátil. Nemohl jsem se zbavit pocitu, že jsem
ho někde již viděl.

Opékal jsem na pánvi brambory,
poslouchal prskání oleje, začal jsem si do toho
notovat:

,Kdo to je, kdo to je,
že mi nedá pokoje - kdo to je... "

Vylezl jsem na židli, našrouboval nový
kryt na lampu. V tu chvíli se otevřely dveře.

Díval se na mě host.

„Prasknul kryt, než jste přišel. Jiskry létaly, jako kdyby hořelo," usmál jsem se, ale v tu chvíli jsem si uvědomil, odkud znám toho muže. *Plameny, oheň, kouř - Kouřící králík.* Ne ne. Znovu - *Plameny, oheň, lidské oběti* - ta zpráva. A on se klidně dívá, nevadí mu asi mé pohledy. *Muž ze zastávky Lazarská.*

Host jako kdyby neslyšel, stále se na mě díval.

„Už vím, odkud Vás znám!" Seskočil jsem ze židle. Muž ucouvnul.

„Jel jste tenkrát se mnou v tramvaji." Muž ustupoval dozadu, zpátky do chodby.

„Bylo to v pátek, v půl deváté přesně. Vím to, protože mi v tu chvíli přišla sms." Chytil jsem ho za ruce.

„Ještě jednou jsem pak jel tou tramvají a viděl Vás." Muž byl očividně v šoku.

„Musel jsem Vás znovu vidět - a teď jste tady, přišel jste sám!" Náhle jsem si uvědomil svou naléhavost, až jsem se lekl.

„Promiňte, promiňte, nechtěl jsem Vás vylekat." Pustil jsem jeho ruce a couval zpět. Chytil mě náhle opět za ruce.

„To nevadí. Můžete povídat dál." Díval se mi do očí. Viděl jsem to jako tenkrát. Tenkrát, když jsem obhlížel muže, co seděl mezi námi. A teď jsem ho držel za ruce a mohl se mu dívat přímo do očí. Neutekl mi.

Seděli jsme u stolu a popíjeli víno. Večer ubíhal.

„Kam jste tenkrát šel?" zeptal jsem se ho.

„Do firmy, jsem právník." A pak on: ‚Kdy jste mě to viděl podruhé?"

„O týden později. Přivstal jsem si opravdu brzo, jel jsem jen za Vámi. Kvůli Vám jsem jel až do Prahy. Počkal jsem na Vás na Lazarské. Čekal jsem na tramvaj v půl deváté. A vy, přesně jak hodinky, vystoupil jste a prošel kolem mě. Otočil jsem se za Vámi, Vy jste to zaregistroval a zastavil se. Jen jste se na mě podíval a pak šel dál. Chtěl jsem něco říct, ale nemohl jsem. Chtěl jsem říct: Přijel jsem za Vámi až z Písku, musím s Vámi aspoň na chvilku mluvit. Musím se s Vámi podělit o svůj cit. Jenže to nešlo. Obrátil jste se a zmizel v domě. A já, zastrčil jsem vizitku za zvonek. Ani jsem nevěděl, jestli ji někdo najde."

„Tak to byla Vaše vizitka? Říkal jsem si to odpoledne: Kdo tu nechal tu vizitku? Taková ušpiněná, pomačkaná - a na ní jen Benjamin a telefonní číslo. Vzal jsem si ji tenkrát s sebou. Seděl jsem v tramvaji, pořád ji obracel v prstech a pak ji zastrčil do klopy u obleku," vypověděl mi Robin.

„A to jste to vzdal? Když už jste ji vzal do ruky, to jste neměl to pokušení zavolat? Kdy jste pro ní šáhnul do klopy?" já tak úzkostlivě.

"Až za rok. Nesl jsem oblek do čistírny, normálně dávám oblek do čistírny každý týden, ale tenhle jsem pak už moc nenosil. Tedy až za rok, jdu do čistírny a slečna za pultem: Máte tu vizitku. Vzal jsem do ruky ten pomuchlaný kousek papíru a zase jste na mě koukal Vy. Benjamin," pousmál se a napil se vína.

"Přiznám se, moc Benjaminů jsem neznal. Spíš žádného."

"A co jste udělal s vizitkou?" ptal jsem se s nadějí.

"Když jsem vyšel z čistírny, položil jsem ji na parapet okna. Bylo to na rohu ulice. Jen jsem ji tam odložil a říkal si v duchu, jestli ji někdo najde."

"A byla tam druhý den, když jste šel pro oblek?"

"Nevím. Už jsem si na ni nevzpomněl."

"Ach tak," povzdychl jsem si.

"Zajímalo by mě, kde je."

"To nevím. To opravdu nevím. Třeba ji někdo našel a strčil si ji do peněženky," řekl tajemně.

"Anebo fouknul vítr a zanesl ji někam do rohu."

"Anebo tak."

Zase jsme seděli, popíjeli víno, noc pokročila.

„A kam jsi to jel vlastně ty?" zeptal se mě Robin.

„Vidíš to. Kam jsem to vlastně jel já. Aha - no přeci na Palubu. To ráno vyhořela. Do dneška se nezjistilo, jestli to chytlo jen tak, nebo jestli to někdo podpálil. Přeci jen, byl to **d o s t** hlučný klub a kolem spousty důchodců, co nemají rádi hlasitou hudbu. No, i když - někdy co tam znělo," zasmál jsem se.

„Tam jsem nikdy nebyl," řekl Robin.

„A co bys tam dělal? Tam chodili jen ztroskotanci a umělci. Pche, plní falešných nadějí. Já měl pocit, že budu velký umělec," dojalo mě to.

„No tak, Benjaminku."

„Jakej já jsem umělec, dyť ty mé obrazy jsou tak - nicotné!"

„Namaluješ mě?" zeptal se Robin.

A pak přízrak barev, světla, stínu a tmy. Pastel běhal po papíru - dolů jako vlny ve vlasech, zběsile rychle jako mrknutí okem. Soustředěný pohled, kapky potu na čele, linie těla, horký dech. Rukou jsem přidržoval kraj papíru, díval jsem se na jeho tělo, prsa, břicho. Porovnal si vlasy, nechal jsem ho tak. Napil jsem se, abych zahnal žízeň, a pak znovu - jak

u vytržení. Konečně jsem měl tělo, tělo, které
jsem mohl malovat. Žádná krajina, žádné zátiší,
jen tělo - teď a tady.

Voda ve sprše byla ledová, zařezávala se
do kůže jako nůž. Jizvy na ruce mi zimou
zfialověly. A náhle - vzpomněl jsem si na Asiata
a jeho nůž, jak se lesknul. Když jsem se vrátil
zpět do místnosti, Robin už dávno spal v křesle,
oddychoval. Našel jsem nového dobrého přítele.

17 KAMENNÝ MOST POPRVÉ

Kamenný most poprvé, to bylo setkání
s Lukou po dvou letech. Už týden dopředu jsem
byl hodně nervózní. Chodil jsem po zápraží,
pokuřoval z cigarety a šeptal si pro sebe:
„Ještě týden a pak se uvidíme. Mám ještě
vůbec ten dopis? Jémine, to by bylo, kdybych ho
teď nemohl najít. Kam jsem ho dal? Jo jo, dal
jsem ho do černé košatinky, tam, kam se dříve
dávaly šachy nebo? Počkat. Tu košatinku jsem
přeci vysypal, když jsem ji stěhoval z místnosti
do místnosti. Vyndal jsem z ní očkovací průkaz,
nějaké papírky, fotky na pas, kudlu rybičku a taky
cédéčko s vypálenými fotkami. A na dně jsem
měl ten dopis. Vzal jsem ho a položil na postel,
teda - na deku." Chodil jsem po zápraží, pomalu
jsem zrychloval.

„Co jsem dělal potom? Kam jsem odnes
tu košatinku? Kde je, hergot, nemůžu si
vzpomenout." Zastavil jsem se na chvíli.

„Jo, je pod kytkou na šicím stroji.
Ale kam jsem dal ty věci? Vrátil jsem se
do pokoje a sebral tu deku, byl tam také dopis.
Pak jsem všechno naskládal do košatinky. Ne,
dopis jsem vzal a dal ho... Kam jsem ho jen dal?"
Znovu jsem se zastavil.

„Kam jsem ho jenom mohl dát? Že bych
se šel podívat? Ne ne, šel jsem do ložnice
a zapálil svíčku, dopis jsem odložil na skříňku.
A pak jsem ho strčil pod tu svíčku! Cha, pod
svícnem je největší tma!" Vítězně!

A pak jen hloupý nápad.

„Co když Lili ztratí ten můj dopis? Přeci
jen, dva roky jsou dva roky. Ale padesát roků, to
je něco úplně jiného. A při jejím způsobu života!
Není možné, aby ho takovou dobu uchovala.
Určitě ho už teď nemá! Ztratila ho, když se
plavila přes moře. Nebo na to úplně zapomněla.
Ne, ona si vzpomene. Ale, co když už na mě
nebude mít kontakt? Jak mě najde? Přeci nebudu
mít padesát let stejné telefonní číslo. Někdo mi
ukradne mobil a je v háji. *A co ukradne mobil!*
Přestěhuju se někam do ciziny, ona o mně nebude
mít potuchy, jak mě vyhledá? Já si nepamatuju

přesně, v kolik hodin tam mám být. Bože
- v Lacanau, to byl ale hloupý nápad. Třeba budu
tak chudý, že se tam nebudu moct ani dostat.
Anebo - co když už tady nebudu? Copak si bude
číst můj dopis sama?" Ztichl jsem. Díval jsem se
na siluetu hor, byla tmavá, slunce zapadalo.

Na mostě jsem stál ještě dřív, než se
rozbřesklo. Všechny sochy vypadaly jak temní
rytíři, kteří střeží Písek. Sednul jsem si k Svaté
trojici. Netušil jsem, z jaké strany ke mně přijde
pan Luka, jestli od náměstí nebo po nábřeží
od hřbitova. Rozhlížel jsem se, ale nikde jsem ho
neviděl. Díval jsem se na dopis v rukách, četl si
řádky - na Kamenném mostě za rozbřesku - když
tu mě pan Luka chytil za ramena:
        „Pozor, spadnete, pane Benjamine!"
        Leknul jsem se, ale pan Luka se smál na
celé kolo.
        „Ještě se nerozbřesklo," řekl jsem mu.
        „Podívejte!" A ukázal na první paprsky.
Slunce se najednou vyhouplo přes obzor.
        „Musím Vám to tedy přečíst." Vzal jsem
slavnostně obálku do ruky.
        „Už si nepamatuji, co jsem tam psal.
To budou bláboly," smál se pan Luka. Roztrhl
jsem obálku dost nešikovně. Pan Luka se na mě
podíval, nervózně jsem na něj pohlédl.
        „Moment, už to bude." Třásly se mi ruce.

„Milý Luko, tak tu sedíš s panem Benjaminem

v Domě hrůzy a máš napsat, co si nejvroucněji přeješ. Tak tedy, za dva roky budu neslušně bohatý." Pan Luka se hlasitě zasmál.

„Ale co vím, že budu mít psa." Tady na tomto místě jsem se pousmál já:

„Jsem rád, že Vám to takhle vyšlo." Přečetl jsem celý dopis do konce, střídavě jsme se usmívali a mračili. Nebylo samozřejmě všechno tak, jak pan Luka ve svém dopise vylíčil, ale ty podstatné věci se staly. Dopis byl zakončen větou:

„Ale jedno vím jistě, že budu za dva roky stát na Kamenném mostě s panem Benjaminem."

A to se splnilo.

18 NÁVŠTĚVA STARÉ DÁMY

Praha je prý hlučná, a přesto mi přijde klidnější než odlehlá samota. Nic jsem neslyšel - zpěv ptáků, šum aut, cinkot tramvají. Díval jsem se na strop, stále přikrytý peřinou, nechtělo se mi vstávat. A náhle:

Ting dong. Ting dong.

Vystřelil jsem z postele jako špona a letěl k domovním dveřím. Otevřel jsem je dokořán a tam stála stará dáma v černém kostýmku,

na hlavě klobouček s černou síťkou,
ale v kontrastu - bylo zkrátka vidět, že je to ještě
dáma - sytě červeně namalované rty.

Důkladně si mě prohlédla, na krátkou
chvíli jen lehce pootevřela ústa, zahlédl jsem její
jazyk skrytý za zuby - a pak zase lehce semkla rty
k sobě. Viděla mé otrhané tričko, proděravěné
tepláky, zvláště dírky v rozkroku ji asi rozrušily.
Prohrábnul jsem si vlasy a snad dřív než ona:

„Dobrý den. Omlouvám se, ale právě
jsem vstal. Co si přejete?" Stará dáma se
pousmála a medovým hlasem, zdál se mi
najednou povědomý, řekla:

„Vy budete asi pan Benjamin, že?" Lehce
jsem na to kývnul hlavou.

Zanedlouho již seděla na gauči
v obýváku a se zájmem si prohlížela můj
skromně zařízený byt.

„Kdopak je na té fotce?" ptala se, když
stála u linky.

„Kdo? A - to je můj dobrý přítel - Luka."

„Krásná fotka," řekla stará dáma.

„Nefotil jsem ji já." Dal jsem vařit vodu
na kávu.

„Copak dělá?" ptala se dál.

„U filmu. Odstěhoval se do Bollywoodu
v Indii. Vždycky ho to tam lákalo. Myslel jsem,
že se naše cesty nerozejdou, ale spletl jsem se."

„Smutné..."

„Život si dělá, co chce. Někdy můžeme bojovat, co to dá, ale dopadne to jinak. I když zdánlivě se může zdát, že to dopadlo podle nás." V tu chvíli se na mě stará dáma podívala:

„Něco tu pro Vás mám." A decentně otevřela černou kabelku, pamatuji si ještě tu zvláštní zlatou sponu - a to jak **CVAK**la. Vytáhla obálku.

„Robin zanechal závěť." Zastavil jsem se, káva na talířcích se mi roztřásla v rukou. Díval jsem se staré dámě do očí.

„Copak jste nepoznal, když jsem přišla v černém, že..." Pozvedla obočí. Třes rukou se stal nesnesitelným. Stará dáma rychle vstala a chytila podšálky s kávou.

„Život si dělá, co chce. A někdy můžeme bojovat, co to dá."

„Jak?"

„Srazilo ho auto. Vražda. Přejeli ho - několikrát - tam, zpátky, tam, zpátky!" Náhle bylo vidět, jak ji to rozrušuje - smrt syna je těžká zkouška. Seděli jsme v kuchyni a stará dáma usrkávala vodku.

„Asi to byly politické tlaky. To víte, byl to známý právník, zřejmě na někoho něco objevil."

„Ví se k tomu něco blíž?"

„Ne, jen podle svědectví, že to bylo auto s tmavými skly, ale to má dnes kdejaké auto. Vyšetřuje to policie, ale již teď je mi jasné, jak to dopadne. Je to politická hra." Dopila panáka.

„Tady ta obálka - to je pro Vás. Musela jsem vědět, kdo jste, chtěla jsem vědět, komu můj syn přenechal takové dědictví." Usmál jsem se. Přišlo mi to najednou k smíchu: „On mi něco odkázal?"

„Nesmějte se, to je vážná věc."

„Promiňte, ale proč by měl Robin odkazovat něco mně."

„Ne něco, ale dva a půl miliónu!" vyhrkla. Zůstal jsem stát, nehnul ani brvou. Taková částka - nepředstavoval jsem si ani ve snu.

„Ano, dva a půl miliónu." Dívala se mi stále do očí.

„Nezlobte se, tohle ale nemohu přijmout," odvětil jsem.

„Lidé říkají vždycky takovéhle nesmysly - tohle nemohu přijmout, je to od Vás tak šlechetné, ale ne. Proboha proč?" rozohnila se.

„A co Vy? Nepřijdete si okradená?"

„Ale panáčku, já jsem dáma v letech, já už tu dlouho nebudu. Nemějte žádný strach, já jíst suchý krajíc nebudu." Mlčel jsem.

„No, podívejte se na mě! Vypadá takhle

chudá ženská?" Já nic.

„Co?" zeptala se ještě jednou.

„Ne," odpověděl jsem, ale zdálo se, že je jí to málo.

„Ne, nevypadá."

„No tak!" ona vítězně na to. ‚Nemyslete si, že to bude tak jednoduché. Má to jednu podmínku." Tázavě jsem se na ni podíval, ale zatím nic neprozradila.

19 KÁČO KÁČO!

Zlatavý pruh světla vniknul do tmy a olemoval rámy obrazů. Už jen zbývalo chytit za něj a vynést ho na světlo. Jeden obraz za druhým tak opouštěl depozitář. Zvědavé oči poměřovaly jejich kvalitu, zabývaly se různými detaily malby. Špickami prstů ochutnával reliéf, ale nedotknul se - se vší úctou vnímal jen energii, ale do doby, než se na světle octnul další obraz.

Jeli jsme s Robinovou matkou v černé limuzíně. Na pohodlí jsem si velice rychle zvyknul, omamovalo mě teplo vyhřívaných sedaček. Projížděli jsme městem, když jsem si náhle všimnul, že za námi jede auto s tmavými skly. Náhle mi mohlo srdce vyskočit, cítil jsem, jak mi chladnou ruce a na čele se rozlévá studený pot. Stará dáma seděla nerušeně na sedačce, usmívala se. Jedním okem jsem sledoval auto za námi.

„Dáte si něco k pití?" zeptala se něžně stará dáma.

„Ne" řekl jsem přiškrceně.

„Nevypadáte dobře. Není Vám něco?" Byla hodně všímavá.

„Ne," řekl jsem „Jen mi nedělá dobře pomalá jízda," dodal jsem.

„Mám pocit, jako kdybych byl na vodě." Auto s tmavými skly se přiblížilo.

„Mořská nemoc?"

„Něco takového. Mohl by řidič přidat? Rychlá jízda by narušila to houpání." Stará dáma zaťukala na řidiče a ten šlápnul na plyn.

Všechny obrazy byly řádně zakonzervovány a naloženy do připraveného kamiónu, který stál před vchodem, a celé procesí se mohlo vydat na cestu. Řada aut vyjela branou a zamířila do města. Doktorka Kováčová stála před domem a sledovala je, dokud jí úplně nezmizeli z výhledu. A pak stála dál, ruce přitisknuté k ústům, v očích se jí lesklo. Náhle prudce vydechla, otočila se na podpatku a vlítla do domu.

Autem jsme se řítili ulicemi, stará dáma

mě bedlivě sledovala, tím menší pozornost
věnovala okolí, takže si žádného auta nevšimla.

"Už je Vám lépe?" zeptala se. Zakroutil
jsem jenom hlavou, auto s tmavými skly nám
bylo stále v patách.

"Možná bychom měli někde na chvíli
zastavit," navrhla stará dáma.

"Ne!" vyhrkl jsem ze sebe. "To by bylo
horší. To musí nejdřív přestat." Auto se drželo
neustále za námi, když tu náhle proti nám vyjela
ze zatáčky kolona policejních aut, v závěru
za nimi nablýskaná auta a kamión. Celá kolona se
pohybovala velmi pomalu a za námi uzavírala
cestu, mířili nejspíš na letiště, odskřípli tím však
auto za námi a mně se okamžitě ulevilo. Řidič to
hnal stejnou rychlostí dál, za chvíli jsme zmizeli
autu s tmavými skly z dohledu a ztratili se
ve změti ulic.

Už z dálky nás vítala doktorka Kováčová
a vítězoslavně volala: "Vzal všechno!"

Stáli jsme v galerii a Nora Kováčová
nadšeně ukazovala prázdné stěny. Já neměl slov.
Najednou byly všechny mé obrazy pryč, trochu
mě to bolelo. Jako by zmizel kus mého já - přeci
jen, kdyby se rozprodaly po kusu, ale takhle
najednou.

"A kdo je koupil?" otázala se stará dáma

nedočkavě.

„Nebudete tomu věřit," pronesla doktorka Kováčová.

„Tak kdo?" zeptal jsem se nervózně, ale tiše.

Doktorka Kováčová se na mě podívala:

„Princ William." To jméno se mnou cuklo, zavřel jsem oči a děkoval Bohu. Když jsem je otevřel, doktorka Kováčová mi podávala lísteček:

„Nechal tady vzkaz. Trochu zvláštní vzkaz."

Stará dáma se na ni podívala a doktorka pravila:

„Čekala bych, že napíše něco jiného - proč a na co ty obrazy."

Usmál jsem se, stálo tam:

„ Víte, jak máte užít této příležitosti. Čekám na Vás. "

Odebral jsem se do předsálí k oknu, potřeboval jsem rozhled, bylo mi nádherně, tak velké emoce potřebovaly prostor - obzor tak široký jak mé slzy.

Doktorka Kováčová si dál povídala se starou dámou:

„Tolik peněz za obrazy. Nikdy bych..." Slyšel jsem jen útržky:

„Teď budou mít velkou cenu, zbyly tu jen poslední dva obrazy." Díval jsem se stále ven, ze stromů u příjezdové cesty se sypalo listí, tancovalo po zemi. Chyběl mi jen vypravěč, který by to shrnul.

„Ten jeden, Noriko," pronesl jsem a obě náhle ztichly.

„Ten je Váš. Samozřejmě, stejně tak Vám zůstanou obrazy z předešlých dob."

„Ne," odvětila. „Ty jsem také prodala."

Otočil jsem se k ní:

„Peníze za ně Vám zůstanou. Ale stejně Vám zbývá ještě jeden obraz. Nechte si ho. A Vám," obrátil jsem se ke staré dámě:

„Vám náleží ten poslední obraz."

Všechna slova mi přišla náhle moc velká a vážná:

„Neznamená to ale, že nebudu malovat." A pak jsem se usmál.

20 BESAME MUCHO

Všechno mělo svůj čas, objevila se spousta věcí, které se musely zařídit před mým odjezdem. A teprve pak přišlo ráno, to poslední ráno doma, kdy chutná náhle i ten snídaňový čaj jinak. Jeho lehce trpkou příchuť jsem cítil na patře, ještě když jsem zavíral dům a vybíral poslední poštu ze schránky. Byly tam dva dopisy

- ani jeden doručený poštou. První obálka byla
čistě bílá, nezalepená a uvnitř vzkaz na tvrdém
papíře:

> *„Milý Benjamine, teprve teď Vám mohu
> ze srdce poděkovat. Do této chvíle jsem nemohla
> najít slov, jak mě Váš obraz rozrušil - je
> nádherný. Nemůžete tušit vnitřní hru matky, když
> se dívá na obraz svého syna. Je tam jako Anděl!
> Ten obraz vyvěsím na čestné místo, mnoha lidem
> na oči. Myslím, že můj syn věděl moc dobře, koho
> podpořit - a já mu to schvaluji."*

A s láskou podepsaná:

> *Anna Drahuše*

Trochu jsem si povzdechl a zasunul dopis
do klopy u saka. Druhý dopis jsem si četl
v taxíku. Obálka byla zapečetěná, ukrývala dva
listy. Jeden čínský originál a druhý překlad.

„Benjamine" začínal dopis bez skrupulí,
ale mohlo to být jen stručným překladem.

> *„Kdysi jste mi poslal dopis - přišel mi
> tehdy dost zvláštní a několik let jsem ho
> skladoval. Neměl jsem dost jasnou představu
> o tom, jak bych Vám měl pomoci. Jedno jsem
> věděl jistě, neměli bychom se nikdy setkat.
> To by celé věci uškodilo. Musíte mi prominout mé*

způsoby, jakými jsem Vám projevil svou
náklonnost. Kdo ví, proč jsem Vám chtěl vůbec
pomoci.

       Ptáte-li se teď, jestli jsme se někdy
potkali - ne! Volil jsem pro setkání prostředníky -
i tehdy tu noc Vás přepadl jeden z mých mužů.
Měl pouze odvést Vaši pozornost jiným směrem.
Byli s Vámi celou dobu - v Písku, v Praze, možná
jste jejich přítomnost cítil.

       A je mi skutečně líto všech promarněných
přátelství, ale bylo nutné je utnout. Jak jinak
byste se chtěl dostat do New Yorku?"

                               Chung-sen Yang

Nakonec mi vše došlo. Všechna setkání
s autem s tmavými skly. Nemohl jsem v tu chvíli
přemoci ukrutnou bolest. Zabíjela mě poslední
věta:

Ale jak jinak byste se chtěl dostat do New Yorku?

Taxi projíždělo ulicemi, díval jsem se
z okna ven, po tvářích mi stékaly slzy. Nechal
jsem je téci za vzpomínku na přátele. Nikdy však
neomluví mou touhu být v New Yorku.

***

Lili (1972-2008) S Lili jsem se v New Yorku nikdy nesetkal. Vzala si jazzového zpěváka, měli spolu dvě děti - Ethana a Julii. Lili zemřela ve 36 letech na rakovinu plic.

Luka Kaplan (1979-2020) Luka se stal významným producentem filmů vyráběných v Bollywoodu. Několikrát jsme se setkali v New Yorku. Stal se obětí leteckého neštěstí u Casablanky.

Nora Kováčová (1978 - ?) Nevím. Vzdálenost přetrhala náš vztah. Prý se později věnovala charitativní činnosti v Africe - pomáhala slabozrakým.

Vincent Vlasák (1980) Vystudoval divadelní fakultu, mezinárodního úspěchu dosáhl inscenací Nabokovy Lolity.

Tomba (1984-2009) Zemřel ve 25 letech při banální operaci apendixu.

Jack McPhee (1982) Můj přítel z New Yorku, stýkáme se dodnes.

Chung-sen Yang - již jsem o něm více neslyšel.

***

Po smrti Lili jsme se s Lukou setkali v Lacanau. Na lodičce jsme si přečetli její dopis do budoucna. Ten můj se ztratil někde s ní. Zašli jsme potom do města - v jedné putyce hráli její píseň:

Besame Mucho - Líbej mě.

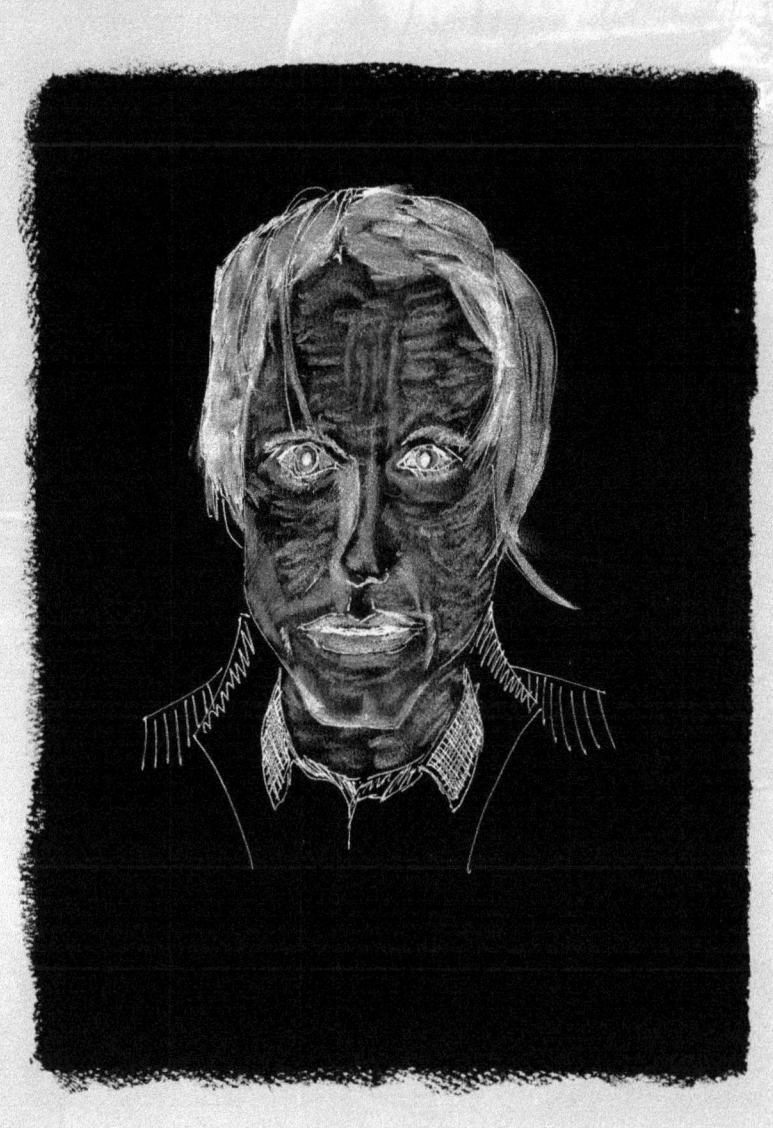

ČÁST DRUHÁ
NEW JEFF BUCKLEY WAS BORN

21 Nostra

Narodil se, když mu bylo třicet let.
V jeden jediný den byla myšlenka, ale dva muži.
A přitom, můžeme snad říct, že to bylo špatně?
Ne každá cesta má svůj šťastný konec. Tahle
cesta měla špatný začátek. Narodil se nový Jeff
Buckley.

Přecházel most, rukou vypaloval
do vzduchu ohňové kruhy cigaretou, z blízka to
mohlo vypadat, že začal konec světa. Cigareta
totiž, když ji držíte v ruce nastojato, v jemném
dešti prská. Kapénky zápolí s červeným
pahorkem, velkou věží lidské pýchy. Kdy si už
lidé uvědomí, že všechny věže, co kdy postavili,
stojí na troskách věží, na které už zapomněli -
New York, ve kterém žil Pavel, byl ponořen
do absolutní šedi. Jako by se na město sesypal
popel. Obklopovala ho hustá mlha. Pavel
se nahnul přes zábradlí, neviděl ani hladinu vody.
Kolem projížděla auta. Jak je tomu dlouho,
co jezdí vozy bez koní? Ještě teď zněl Pavlovi
výbuch v uších. Díval se do zrcadla, dotýkal se
své tváře, jedním prstem setřel svou kůži, v jeho
očích sebevrazi, otevřená čirá léze. Kéž by
zemřel na zadávení. Světla se objevovala z mlhy
jak pobloužněné víly a zase mizela. Pavel si
přitáhnul límec ke krku.

Malý domek, vytržený z lidských dějin,
na kraji města, sněhová bouře, zimní čas. Jak to,
že se Pavlovi zdálo, že zima není? Podíval se
na své zelenobílé prsty, lehce se třásly, kůže na
nich byla jen lehce přistehovaná. Skrz nehty by
se dalo dívat na slunce, jenže teď bylo skryto
za ocelovou čepelí. Strčil si ruce do kapes svého
černého kabátu, cítil chlad, který mu táhnul
po zádech. Otočil se, slyšel, jak na něj mrumlá
matka. Jenže tam nebyla. Nebyla tam už dlouho,
nejmíň deset let. Upíral zrak na město:

„Město se nezměnilo. Ne, vůbec se to
město nezměnilo. To, že se v něm staví každý
den, mizí obchody, jako ten, kde jsem byl tenkrát
na snídani. Potkal jsem Stana," lehce se pousmál.
„To přece neznamená, že se město mění.
Ospalé budovy..." Nevěděl ani, jestli si povídá
nahlas nebo jestli přemýšlí.
Zabouchal na dveře. Přivítal ho štěkot
Nostry. Přišla mu otevřít Gwyneth. Nejmenovala
se tak, její jméno bylo Lucy. Říkal jí Gwyneth,
protože v ní viděl ztělesnění ideálu krásy.

Na krajnici zastavilo taxi. Pavel
se ohlédnul. Seděl v něm jen řidič. Spáč,
nevydržel a musel zastavit! Teď spal s hlavou na
volantu. Pootevřeným okénkem vycházel hlas
moderátora:

„A teď si pustíme písničku Jeffa
Buckleyho, který dnes tragicky zahynul...“

Náhle se mlha pod mostem rozsápala
a s obrovským hukotem se tu prohnala loď, Pavel
s pootevřenými ústy, hukot, rány, vír.

Na břehu zůstal stát Jeffův přítel. Tušil,
co se stalo, ale bál se obrátit. Co v tu chvíli
vnímal? Byl to chlad, co se prohnal přes jeho
chodidla, nebo vůně vlnek přicházejících
ke břehu? Zajisté se sám sebe zeptal, kde
pramení řeka Mississippi.

Pavel shlížel stále pod most. Mlha zase
srostla. Oči měl zakalené, pahorek cigarety se
v nich neodrážel, ačkoliv držel cigaretu téměř
u obličeje.

Přítel Jeffa Buckleyho vběhl do vody,
snad si již jen pamatuje, jak voda v řece byla
měkká a vláčná jako tváře Mary Guibertové.
Seděl ve vodě u břehu, voda mu tížila ruce,
i kdyby se pro něj chtěl vrhnout, měl je
zauzlované proudy vody, oči zalepené blátem
a ústa ucpaná křídly říčních ptáků.

Pavel si zapálil cigaretu. Pocítil náhle
bolest nebo to bylo ze starého zvyku? Možná by

si to omluvil tím, že je jediný člověk na světě,
kterému to doporučili lékaři. Prý, aby nemusel
brát léky na nervy. Pod víčky se mu nahromadily
slzy. Vnímal tlak na prsou, jako by měl těžký
zápal plic. Nebylo to od cigaret, ten pocit ho již
předcházel. Objevil se dřív, než si zapálil, ještě
chvíli před tím, než loď prorazila chuchvalce
mlhy.

Seděli všichni za stolem. Gwyneth se
usmívala na Pavla a neustále mu něco podávala
k pití, aby ochutnal. Bylo svátečně prostřeno,
přestože žádný sváteční čas nebyl. Pavel vzal
do ruky příbor, zapíchnul jemně vidličku
do křupavého lososa na víně.
        „Pavle, počkej na ostatní," chytil ho za
ruku David. Kdyby se podíval Pavlovi do očí,
viděl by jen večeře o samotě a venkovské:
        „Jez, ať ti to nevystydne."
        Pavel se omluvil a vstal od stolu. Stál
v koupelně u záchodu, díval se do kulatého
zrcátka. Měl voskovou pleť, z očí se mu začaly
kutálet slzy. Dělaly hluk jako granule
a zařezávaly se mu do líček jako kovové špony.
Chytil se studenými prsty za rty, chtěl zadržet
náhlý vzlyk. Pak si opláchnul obličej studenou
vodou a vrátil se za ostatními ke stolu.

Pavel přišel k autu. Zaťukal na okénko.

Taxikář se probudil.

„Vezmete mě do centra?"

A pak už zmizel také v mlze. Ani ho
nenapadlo ohlédnout se. Díval se neustále
dopředu a přemýšlel o dnešním večeru. Za ním
jen zbyla smutná písnička, obrnkané struny.
Zapomněl na minulost. Proč musí někdo zemřít,
aby se někdo jiný mohl narodit?

20 Mokronoš

Pavel seděl v zelené sedačce. Měla
houbovitý tvar, obklopovala ho ze všech stran.
V prostoru vypadala docela neforemně,
ale neoprávněnost této výtky poznal každý,
kdo se do ní usadil. Zapálil si cigaretu, díval se
na New York - bydlel totiž v ateliéru se zimní
zahradou. V jistém smyslu miloval květiny,
ale musel si je nejdřív pojmenovat. Na každém
květináči zářilo na nalepeném papírku jméno.
Eva 1, Eva 2, Eva 3.

Z nebe se sypal stříbrný déšť, zanechával
na Pavlově tváři prapodivné šmouhy. Nebyl to
stín tekoucí vody. Byl to zkrátka div přírody, jako
by mu místní avantgardní umělec maloval
na tělo, jenže přitom jako by Pavel inhaloval
kouřové signály špinavé svíce.

Pavel byl lehce omámen červeným

vínem, propadal chmurným myšlenkám, dokonce si vzpomněl na svou tetu, která se živila návrhy na náhrobní desky. Viděl stále ruku muže natahující se po ovečce. Přemítal neustále o tom, co bude dělat. Nebyl si vůbec jistý svou budoucností. Byl na pochybách, nikde okolo se nevyskytoval žádný přítel, který by mu poradil směr. Lidé kolem něj jen vedli řeči o tom, co by měl dělat, že je úplně jedno, co dělá. Hlavně, že žije. Pousmál se dokonce myšlence svého dědy:

„Měl jsi jít na ekonomku, aspoň bys věděl, co je peníz. Takhle ho v životě neuvidíš, ani rukou ti neprojde! Teď bys mohl sedět za přepážkou, ale škoda mluvit!" Pavel krabatil čelo.

„Podívej se na svého otce, kam to dotáh! Mokronoš jeden. A co udělal tvý matce!" Pavel mírně poklepával nohama. Vedle nohou mu ležela kytara.

„Naučíme se spolu hrát na kytaru, co říkáš?" Pavel se pousmál, nemohlo to být slyšet.

„Já věřím, že se jednou staneš velkým umělcem. Určitě. Já tomu zkrátka věřím. Já budu psát texty a ty, ty budeš hrát a zpívat. Půjdu se jednou podívat na tvůj koncert. Nebude to žádná pompézní záležitost, docela malá párty pro pár

pozvaných přátel. Nějakých, hmmm, šedesát.
A ty budeš hrát a zpívat. Vidím to živě, staneš se
legendou." Ann Venclík se usmívala.

Pavel se zamračil. „Nečeká mě pak
krátký život?"

„Miluji tě, ale i to je málo."

Zapálil si cigaretu, zaklonil hlavu
a vydechl kouř, byl modrý jak mák a nesl se tiše
ke stropu. Natáhl nohy a kopnul do kytary. Struny
se rozezněly, nebyl to tón z Jeffovy písně? Pavel
zvedl hlavu, chvíli se bezděčně díval dopředu,
poslouchal tikot budíku a pak v rytmu: fotografie
bratra v mřížce z lednice - ještě z dob studií,
studený punč na stolku, pod ním fotografie
a na ní několik osob - ještě stále musí pátrat
po totožnosti, nakonec otevřená obálka
a rozložené smuteční oznámení.

Cukala se bolestí, provazy se jí
zařezávaly do zápěstí. Z čela jí stříkaly pramínky
černého potu, splavené vlasy se motaly do hadic.
Satanáši do sebe cpali solený hrách, ale vody ne
a ne se napít. Nožem se pro zábavu zarývaly
do jejích ňader, krvácela. Snad jako by chtěli
rozlousknout broskvi a pochutnat si na červu
v jejím jádru. Jenže její ňadra byla čistá.
Odřezávali je pomalu, kochali se pohledem na
trpící ženu, mlsnými jazyky chlemstali kapénky

potu. Jaké bylo jejich zklamání, když jí ňadra
odstranili od těla. Hodili je proto na řeřavé uhlí.
Ve vzduchu byl cítit zápach spálené kůže,
zničeného mateřství. Ona ležela, svázaná
provazy, prudce vydechovala
a tiše pronesla:

> „Mé dítě." Ale již navždy němě.

Probudil se, bál se znovu usnout. Dříve
spal klidně, ale teď již dlouho ne. Ucrcnul si
punče, vzal fotografii do ruky, oznámení si
nevšímal, chvíli si ji prohlížel, pak i z druhé
strany, ovíval se s ní a pak ji ledabyle odhodil
na stolek. Přikryla parte, koukalo jen jméno
zemřelého. Vstal a prošel se po místnosti. Vzal
kytaru, vybrnkal si pár tónů, kontrastovaly
s ponurostí pokoje. Vyhlížel na město. Měl pocit,
že obzor je zploštělý a jeho cesta nevede nikam.
Obrátil se zády k New Yorku. Kde je ta jeho
hvězdná sláva! Sebral kabát z pohovky, smetl
parte na zem. Nesebral ho a jen procedil
v myšlence:

> „Ať ti jazyk shnije." Odešel, zabouchl
dveře a pokoj zel samotou. Na podlaze vedle
stolku křičel papír:

Pavel a Jan Mokrošovi, synové.

Za malou chvíli se dveře otevřely znovu,

Pavel odložil kabát, lehnul si na gauč, obličej si přikryl Timesama a usnul. Proč odcházel z bytu? Myslel si snad, že objeví cestu? Jen bloumal chvíli po ulici, nic mu nedávalo smysl, kopání do šutýrku mu přišlo nicotné, v lidech neviděl duše, jen ho míjeli, káva v baru měla nijakou chuť, pil ji jen proto, že ji pil, utřel si nos kapesníkem, když ho vracel do kapsy, zastudily ho do prstů klíče od bytu. Tak se vrátil, jediné řešení.

19 Slída

Pamatoval si odlesk slunce v kousíčkách slídy na domě svých prarodičů. Slunce se tu a tam blýsklo, člověk ten třpyt v destičce slídy mohl jen tušit. A přes krátký vjem, který byl odeslán, zaryl se velice hluboko do paměti.

Pavel seděl v kavárně nedaleko nádraží, naproti němu Stano Murin. Káva jim pomalu stydla, na talířcích mezi nimi ležel sendvič. Bylo tu útulno, ale mezi těmi dvěma byla hráz, chlad, ticho. Pavel měl sklopenou hlavu. Nechtěl se Stanovi dívat do očí, myslel si, že mu to dá sílu. Stano byl víc nezúčastněný než vážný. Rozhlížel se kolem, jak sem tam projde někdo po ulici. **Cink**, rozklimbal se divoce zvonek nade dveřmi. Někdo si přišel na ranní kávu. Taková ranní setkání jsou dost unavená a nejistá. Člověk je stále na hranici snu a bdění.

Poušť se táhla od obzoru k obzoru, kde
nic, tu nic. Pavel stál uprostřed, oči zarudlé od
písečného prachu. Spaloval ho žár volby. Na
jakou stranu se vydat? Žádný směr neslibuje cíl.
Bůh ví, jestli má konec. Ztratil se. Potřeboval by
blýsknout zrcátkem, nějaké znamení. Nic. Náhle
bolestivý střih. Obrovský rak mu klepetem
cloumá za nohu. Krev stříká kolem.

Pavel sebou cuknul. Stano se na něj
podíval. První kontakt očima. U vedlejšího stolu
zvedl muž telefon:
	„Kurva, bratře! Nech mě na pokoji!
Je brzo ráno, chci se v klidu nasnídat.“
	Pavel se na chvilku ohlédl, ale pak už se
nedokázal podívat Stanovi do očí. Zapálil si
cigaretu a upřel zrak do stolu, slyšel dál:
	„Podívej, bratříčku, prostě si nemůžeš jen
tak přijít. Až ke mně příště pojedeš, dej mi vědět
několik dní dopředu.“
	Stano se podíval na Pavla.
	„Ne, to teda nemůžeš!“ křikl muž
do telefonu.
	„Promiň mi, musím si odskočit,“ řekl
Pavel a zvedl se, opřel se rukou o židli.
	„Jojo,“ řekl Stano. Pavel zmizel za rohem
a pak už bylo slyšet jen klapání jeho kroků. Stano

se usmál na číšnici a zapálil si. Měl pocit, že čeká
dost dlouho. Číšnice odešla směrem k toaletám.
Stano pozoroval život v kavárně. Muž ještě stále
chrčel do telefonu, Stana to už trochu nudilo.
V tu chvíli se vracela číšnice, přivedla Pavla.
Byl celý pobledlý, orosené čelo, ruce se mu
mírně klepaly. Stano sledoval číšnici.

　　　„Přinesu mu trochu vody," pronesla tiše
a odešla k baru. Pavel seděl na židli, zase se díval
do stolu. Stano se na něj dost nechápavě podíval.
Pavel seděl tiše, nic neříkal, jen přebíral cigaretu
prsty jedné ruky. Tiše natahoval dým do plic
a pak ho zhurta vypouštěl. Jak bylo očividné,
že ho něco tíží. Stano seděl velice klidně opřený
o židli, založil si ruce a sledoval Pavla. Pavel
zatím přemáhal svou bolest. Dost dobře ji
nechápal, věděl jen, že ho zaskočila zcela
nepřipraveného. Svým dýcháním se ji snažil
přemoci, jen mu vháněla slzy do očí. Ale čím víc
se snažil, tím víc pociťoval, jak mu tuhne brada
v křeči, jako by mu ji někdo stahoval šroubkem.
Jeho čelist byla náhle nehybná, nemohl otevřít
ústa ani na malíček a jediné, co mu pomáhalo,
byl rychlý výdech. Nebyl žádný zlom, a pojednou
se mu od očí začaly řinout slzy. Stále přemáhal
bolest, soudnost mu dovolovala tiše trpět
a nepropadnout nářkům. Stano mu položil ruku
na koleno. Pavel se na něj podíval, slzy mu
padaly do klína, zanechávaly za sebou mokré

stopy, a pak opět pohlédnul na stůl.

„Všechno se zlepší, Pavle, uvidíš!"
Pronesl tiše Stano. Muž od vedlejšího stolku se
otočil, potom vstal a odešel. Zvonek klingal tiše
nade dveřmi. Přišla číšnice s vodou.

„Je Vám dobře, pane? Nechcete zavolat
lékaře?" Stano na ni zakroutil hlavou. Pavel dál
popotahoval z cigarety, nevěděl už ani, jestli je
mokrá od slin či od slz, ale byla nesmírně hořká,
cítil to v žaludku. Stano se k němu mírně
přiklonil, tiše ho pozoroval, možná trochu
s laskavým úsměvem. Pavel náhle prolomil
rigiditu:

„Je mi to tak líto!"
A Stano: „Šššš." Pavel si vzlyknul:
„Je toho na mě moc." Chvíli mlčel.
„Já to už neustojím. Trvá to moc
- dlouho." Stano ho stále držel za ruku, díval se
nad Pavlovu hlavu, chtěl ho nějak utišit:

„Vždycky jsem si přál, aby pro mě někdo
napsal píseň, aby se o mně zpívalo." A ačkoliv
v tom byl dobrý úmysl, Pavel se od něj odklonil,
vyklouzl svou rukou z jeho a přestal brečet. Díval
se na něho, zarazilo ho v tu těžkou chvíli,
že Stano dokáže myslet jen na sebe. Nechápal,
a jak by mohl, že to byl krok k němu a ne od něj,
a tak pravil chladně, zdálo by se, že náhle
zapomněl na city:

„Žádnou píseň jsem pro tebe nenapsal."

A rukou si přidržoval kapsu, jako by tam ta píseň byla, sepsaná na papíru, a chtěla zrovna zazpívat: Tu jsem, tu jsem! Stano mlčel, choval se, jako by ta slova šla přímo od jeho srdce. Nemůže se snad člověk v těchto věcech splést? Odklonil se od Pavla, vzal sendvič do rukou a rychle ho dojedl. Pak si utřel ústa do ubrousku. Dělal náhle, jako by tam Pavel nebyl. Bylo však vidět, že ho Pavlova přítomnost nesmírně rozrušuje, že ho má rád, ale protože se ho Pavel dotknul, neví, co má dělat. Když odejde, pravděpodobně se už nikdy neuvidí, zítra odlétá do Holandska, stěhuje se, to mu právě chtěl říct. Přeložil ubrousek, vstrčil ho pod příbor, odkašlal si. Vytáhl kapesník, vysmrkal se. Pavel se díval do ulice, oči měl zaslzené, ale urputně sledoval ranní poklid. Srdce mu bušilo, na jednu stranu si říkal:

„Tak si jdi!" A na druhou věděl, že nemá sílu odprosit, že by si tu v tomhle rozpoložení musel kleknout na zem a zlíbat mu boty, za jeho sílu a naději, kterou mu Stano vždy dával. Pavel jen seděl a díval se dál z okna. Stano se na něj ještě jednou obrátil:

„Sbohem." Pak si v rychlosti obléknul bundu, nasadil čepici, vzal tašku, a ve všech chvílích mohl Pavel říct:

„Zůstaň!" Ale neřekl. Stano se zvednul a odešel a s každým klimbnutím zvonečku jako by bodal Pavla do srdce. Za jeho dětinskost, bezútěšné vzlyky a kopance. Na stole mu nechal dopis - smuteční oznámení, Pavel ho kdysi nechal při setkání se Stanem v bytě jeho přítele. Pavel si po několika měsících dopis přitáhnul k sobě, rozdělal ho a pak si jen položil hlavu do dlaní. Nemohl ani brečet. Proč taky, vždyť mu přišlo úmrtní oznámení o smrti jeho matky.

18 Petronius

Už když vstoupil do místnosti, chtěl cítit, že dnešní večer bude nějakým způsobem nezapomenutelný. Ta myšlenka ho trochu znervózňovala, protože čekal, že každý člověk, se kterým se pozdraví očima, bude ten, který ho povznese. Nemohl ale vůbec tušit, koho ten večer potká. Mylně se domníval, že to bude právě Stano, který ho pozval na večírek. Procházel se mezi lidmi, dostal do ruky suché Martini, ani nevěděl od koho, jak byl zabraný do hledání Stana. Když míjel skupinku tří mladších lidí, zaslechl, jak se baví o prokletí:

„Neříkej to prokleté slovo. Prokleté."
A vzpomněl si na svou přítelkyni Ivu Lednejovou, která mu před lety napsala:

Milý Pavle, musím říct, že jsi prokletý asi jako básník Petronius. Nikdy nezakotvíš, nikdy nebudeš mít pouze jednu lásku, není ti to dáno.

Máš ale jednu obrovskou výhodu - ty se zamiluješ
tak snadno. To kdyby mně šlo, tak nemám
problém. Já neumím ani využít příležitosti -
myslím tím teď fuckbody. Asi zůstanu na ocet.
Stará a zakomplexovaná skoropanna.

V tu chvíli se Pavel usmál. Zahlédl Stana,
mluvil s jakousi světlovlasou ženou, ale byla
k Pavlovi otočená zády, nevěděl, kdo to je. Stano
náhle zmizel v davu. Žena se rozhlížela, kdo
nový zavítal na párty. Byla to Susan S-don,
poznal Pavel okamžitě, když na někoho
zamávala. Překvapila ho, určitě by ji neočekával
tady. Susan S-don si ho všimla, Pavel jí decentně
na dálku pokynul hlavou a pak se obrátil. Říkal
si, že by si s ní neměl o čem povídat. Kolik lidí
jen odsoudí ty druhé pro to, kdo jsou. Pavel
zakroutil hlavou. Stále myslel na to, co mu
napsala Iva. Opřel se o roh, popíjel ze sklenky
a mumlal si pro sebe:

„Ty se zamiluješ tak snadno. Ty se
zamiluješ tak snadno."

„Myslím, že se pletete, pane."

„Ne Vy, to mně říkala moje dobrá
přítelkyně. Moje city se rodí postupně. Já si
uvědomím, že miluju, tehdy až to ztratím...,"
odpověděl tiše Pavel.

„Ale takhle nikdy nikoho mít
nebudete...," přišla znovu odpověď. Pavel se

otočil:

„Vím, jenže já takhle sedím a najedou nic necítím. Nic. Najedou mám pocit, že srdce tluče pro jiného." Dívala se na něj, a tak pokračoval. Pomyslel si, že má překrásnější oči, než si kdy představoval.

„Nebo je to tím, že píšu o něčem, co není?"

Ona se na něj usmála:

„Ach ty písně, ty Vás zničí. Přehrabujete se ve svých pocitech a citech..." Pavel dopověděl ve shodě:

„...a nevím, který je který, který domnělý a který skutečný..." Znovu se na něj usmála a sklopila oči.

„Je to takové zoufalství, víte? Boj o sebe, sebepřesvědčování. Snažím se vyléčit jizvy."

„Ale ty přece léčit nejde...," dodala.

„Já vím. Potřebuji trpělivost - a pochopení. Jenže, jak tohle mohu žádat?" Tázavě se na něho podívala.

„Aby někdo trpěl mé rozmary v tom, jak cítím. Věřte mi, psaní je největší zkouškou věrnosti. Tady se neblázní po krásném těle, ale po duši."

Žmoulala cigaretu v ruce. Přiklonil se k ní se zapalovačem:

„Máte velice příjemný parfém." Vytáhl si také cigaretu, přiklonila se s ohněm ona a dodala:

„Vy také." Usmál se na ni.

„Jmenuju se Pavel Mokroš." Ona se jen tiše usmála.

„Copak se Vám nezdá?" Usmála se ještě víc:

„Líbí se mi to jméno." Chvíli mlčela.

„Trápíte se někdy?" Podívala se mu do očí. Pavel hned odpověděl:

„Ano, ale kdo se netrápí?"

„Myslím tím, jako - že nejste naplněný láskou a jestli si tak neubližujete. A co zdraví - také nevím, jste nemocný? To je najednou otázek, viďte? Jestli nechcete, tak samozřejmě odpovídat nemusíte, můžeme kecat o blbostech, jak se to tak dělá." Pavel ji pozorně poslouchal:

„Jste velice všímavá."

„Třeba ne, třeba mám jen podobné problémy." Otočila se se sklínkou v ruce, bylo vidět, že tomu tak je. Pak se pootočila ještě nazpět a dodala:

„Děkuji Vám za příjemnou společnost."

„To já děkuji." A pak se naposledy otočila na obrtlíku a zmizela, tak jak se objevila. Jak vlastně věděla, že Pavel skládá písně? Nebyla to ona, kdo mu házel ty podivné dopisy do schránky?

„Zamilovaný, nemocný a chudý," řekla

s širokým úsměvem Susan S-don.

„To je docela dobrá kombinace, viďte?" odvětil Pavel.

„Taková docela zajímavá, když to takto někdo podá. Takový jeden obrovský klad a jako jeho pravý opak, dva malé nedostatky, které ze dvou udělají jeden, svým způsobem stejné váhy, jako je ten klad. A stojí oba dva naproti sobě."

„Nejsem zamilovaný," odvětil Pavel a típnul cigaretu.

„Taky nejsem zrovna v tuhle chvíli žádným boháčem. Dělala jsem doma takovou malou rekonstrukci, dá to ještě půl roku. Prostě si tak trochu odřeknu něco, co k životu moc nepotřebuji." Náhle stála před Pavlem ta nejsmutnější herečka světa.

„S tím zamilováním se, už nevěřím vůbec, i když... ono je to vlastně také možné." Přemýšlela, jak by asi odpověděla:

„Jsem sama, jsem smutná," podívala se stranou, „i přes to, že mám přes den mnoho lidí okolo sebe, ale - jsem ráda, že jsem a mám takovéto problémy." Podívala se na Pavla.

„Někdy jedu metrem a tak trochu pozoruju lidi a strašně jim závidím i ty problémy, které někdy řeší, to, že nemají na byt, na jídlo... Takže hlavu vzhůru, Pavle!" Pozvedla sklínku s šampanským.

„Odkud znáte mé jméno?" Podala mu složený papírek. Pavel ho rozbalil:

„Kdybys měl příští středu čas, budu ráno v kavárně u nádraží. Stano. "

„Ach tak. Mohlo mě to napadnout."

„Netušila jsem, že se znáte s Gwyneth P-ow," řekla mimo Susan S-don.

„A já netušil, že se známe my dva."

„To víte, někdy musí někdo odejít, aby se něco odehrálo." Plácla Pavla přes rameno a odešla. Ještě mu mávla rukou, ale to už byla otočená zády. Pavel stál, díval se, jak odchází. Co to řekla? Cítil ještě její ruku na rameni. Co to řekla, než odešla? Přehrával si v hlavě rozhovor, stál strnule se sklínkou v ruce, kolem ševelili hosté.

„Co to řekla, než mě plácla přes rameno..."

17 Satellitender

Zní to docela smutně a smím-li se vyzpovídat, chtěl bych také dělat mnoho věcí, ale nemám na ně čas. Proč je to tak často, že toužíme po věcech, které nemáme? Je to proto, že je nemáme? Potřebujeme je?

Pavel psal dopis neznámé osobě. Už po několik týdnů mu někdo cizí necizí házel

do schránky dopisy. Systém v tom žádný nebyl,
někdo je tam zkrátka házel, kdy se mu hodilo,
možná podle toho, když měl co říct. Vyznačovaly
se totiž velice krásným jazykem a způsobem,
jakým promlouvaly k Pavlovi. Poprvé byl
k dopisu přiložený text. Ne rýmovaný, ale jak
zrozený k tomu, aby ho zhudebnil.

> *Den za dnem,*
> *opíjím se vodou*
> *z otrávené řeky,*
> *tam v Memphisu.*

> *Ale, kdo ji otrávil?*

> *Má láska svým citem,*
> *který chová pro mě,*
> *posílá ho po vlnách.*

Seděl a přemýšlel o dalších verších,
bylo jich mnohem víc, pak na kytaře vybrnkával
melodii, potichu k tomu zpíval. Šlo to hladce.
Byla to píseň určená pro jeho květiny.

Milý Pavle,
> *mé texty tobě byly jen pro potěchu*
deprimované osobě, která volá o pomoc.
Ale vypadá to, že to víš mnohem lépe než já.
Máš v sobě větší sílu sám sebe zformovat,
v písních, které zpíváš. Chceš vidět druhou

stranu. Ano! Většina lidí není schopna namalovat svůj obrázek tak jako ty, vidí se často zidealizovaně. Ale ty, ty jsi tak krystalicky upřímný.

....

Vypadá to, že se lidé v tobě dost často mýlí. O to víc jsi pro mě skutečný, i když přiznávám, mám tě za podivína též. Máš velice zamotané vřeteno, ale já si upředu přízi, získám o tobě ucelenější obrázek. Ty jsi zkrátka hromada střepů. Pouze tě vískám ve vlasech, moje ruka se v nich uhnízdila. Cítíš?

Ale necítil. Jen ho ovládla tupá bolest, svíral ho nos u kořene, cítil to ještě po tolika letech. Slyšel řev vrtačky, hrot projel lebkou, drkotal v dutině, krev stříkala kolem, oči v sloup, otevřená ústa. Pavel se otřásl, cítil totiž, jak mu stéká slina od pusy, tak živou měl představu.

Byla jsem dnes na Třešňovém vršku, seděla jsem tam na trávě, potahovala decentně z cigarety, plakala a zpívala. Poté jsem šla na Jahodová pole. Příliš kouřím v těchto dnech, auto řídím příliš rychle za zvuku nadupané muziky, opíjím se. Tiše jak newyorský déšť, dští mé slzy do rukávu, tebou neslyšený.

....

Pavel pročítal dopis, pak ho odložil, vzal jiný. Přešel k oknu, venku právě pršelo. Zapálil si cigaretu.

„Jaké má asi jméno? Možná se jmenuje něžně jako Bratr." Její láska ke mně je bratrská. Polknul. Uvědomil si, že má zadržený dech. Pohodil hlavou, čekal, že přemůže ten záchvěv. Opřel se rukou o sklo. Viděl se v odrazu. Bratr se na něj díval, přímo jemu do očí. Modré záblesky. Vtisknul mu políbení na rty. Bratr se na něj smutně díval. Pavlovi se draly slzy do očí, ale stále cítil jeho rty. Až když začaly chladnout, otevřel oči. Vtisknul políbení na sklo, ještě bylo zamlžené, ale skvrna na něm zanedlouho zmizela docela.

Hej, ale já chci vědět něco o tobě,
to denní a noční stereo (Ale drahá, můj život je mono), *jestli jíš čokoládu a čím si pak čistíš zuby.*

Pavlovi připadalo, že se ho ten Satellitender snaží zničit. Její zájem byl neutuchající, jeho bolest z minulosti příliš velká. Nevěděl, co si počít.

Tak mi promiň, možná jsi nerozuměl,
a zda identita je pro tebe tolik, toliko je stejně

přetvářkou a krásy stylizací. Někdy třeba s tebou
prohodím pár hlásek snad, antény se do pohybu
dají.

Nenamáhal se jí zdlouhavě odepisovat.
Vyhrknul na papír několik pobrkaných slov,
přimotal do toho vulgární výlev a pak se opřel
o židli, zprudka vydechnul.

Zdravím tě,
zabolelo mě to velmi a od teď ani já
nerozumím. Překvapil jsi mě. Nikdy jsem neznala
toho sarkastickýho, sebestřednýho, k úžasu
nafoukanýho podívína, co se cítí ohrožený
letmými doteky. Běhá mi mráz po zádech z tvé
perspektivy... a sense de l'humour? ale kdeže.
Tož, zmýlili jsme se oba.

Když si Satellitender přišla vybrat
schránku, nic nenašla. A bratr se ve skle
neukázal. Život je mono.

16 JFFBCKLY

Nedaleko San Rema v Central Park West
se objevil u dveří jednoho bytu Jack McPhee
a Pavel. Na chodbu doléhal zvuk živé hudby
a rozjařených hostí. Jack McPhee se pokoušel
chvíli zvonit, ale pak vytáhnul mobil a někomu

zavolal. Krátce nato se otevřely dveře. Stála
v nich velice divá žena, rozesmátá jako její
růžový šál z peří. Ukázala jen rukou, aby šli dál,
sama se odebrala se smíchem dovnitř. U dveří
však ještě neopomněla vzít sklenku
šampaňského. Jack McPhee zmizel za ní, Pavel
se ještě nestačil rozkoukat, a tak zůstal stát
u dveří. Nakonec se přeci jen odhodlal a vnořil se
do dění.

Byla to párty newyorské bohémy, to se
nedalo zapřít, alkohol velel, žádná sklínka nebyla
prázdná. Pavel měl v ruce jednu, ani nevěděl jak,
stejně si s ním přiťukla tmavovlasá drobounká
dívenka. Něco na něj brebentila, sotva jí rozuměl,
musel se k ní přiklonit, aby alespoň slyšel
souhlásky. Náhle ho chytila kolem krku:
„Mlj t, Jff Bckly," slyšel Pavel, moc tomu
nerozuměl. Dívka začala brečet, rozmázla si
rukou šminku.
„T nvš jk t mc mlj, Jff." Začal ji směřovat
k pohovce, kam ji usadil. Něco ještě mumlala,
ale rychle usnula. Pavel jí odebral sklínku z ruky.
„Ale ale, takhle se to má! Já ani nevím,
koho si to k sobě zvu. Zlodějíčka!"
„Ne ne, jen usnula," vysvětloval Pavel.
„Já vím, já vím!" Poplácala ho po
rameni. Byla to ta samá žena, která přišla otevřít
dveře. Hudba zesílila:

Oh, you're a slave to it all, now,
welcome down to paradise rock.

„Kdo to zpívá?" zeptal se Pavel a díval se
směrem, odkud zněla hudba, ale přes lidi neviděl.

„Jeff Buckley," řekla hostitelka, ale Pavel
jí nerozuměl. Jen pokýval hlavou a dál se
nevyptával. Pavel té hudbě rozuměl, to mu
stačilo. Pak se znovu otočil k hostitelce:

„Jak se jmenujete?" Hudba znovu zesílila
- forte!

„Wdnsdy," odpověděla.

„Neptal jsem se na den, ale na Vaše
jméno."

„Wednesday!" Pavel pochopil.

„Wednesday Kennedy," dodala ještě.

There is no real underground,
there is not single entrance
...you're a slave to it all, now.

„Ti lidé se jménem tolik nadělají,"
rozlítostnila se Wednesday.

„Snaží se být vtipní." A dál pokračovala
jako karikatura:

„Wednesday - to je jako středa!"
Zvážněla:

„A pak se ještě zasmějí, jakou to

111

vymysleli originální slovní hříčku. Kéž by na mé jméno někdo vymyslel neobyčejnou hříčku - ale ne, to všichni Středa!" Pavel jí naslouchal.

„Měli by se všichni nejdřív zamyslet, než něco řeknou. To je, jako kdyby Vám někdo řekl, že jste podobný Jeffu Buckleymu." Pavel byl ale v tu chvíli zamyšlený, nevnímal, ke komu ho přirovnala.

„Na mou duši, když se na Vás tak dívám, jste strašně podobný Je." Pavel pozvednul hlavu, začal ji poslouchat.

„Ne ne, neřeknu, byla bych jako ostatní, které haním." Pavel se lehce usmál sice, ale v hlavě mu šustelo:

You're a slave to it all...

Náhle se mu zatmělo před očima, v hlavě cítil obrovský tlak, sluch mu chvilkově vynechával a najednou klid. Seděl u řeky, pozoroval, jak klidně teče, ale voda v ní byla otrávená, čpěla do vzduchu.

Ah, the calm below that poisoned river wild,
you and I.

„Kdo ty a já?" pomyslel si Pavel, měl svraštělé čelo, oči prořezávaly prázdný prostor.
„Kdo je můj ty?" ptal se znovu sám sebe

v mysli. Odpověď nenacházel.

Tears that dry on a rude awakened child.

Přemýšlel, koho jsou ty slzy. Nemohly
být jeho? A co to dítě? Nevěděl, k čemu z těch
dvou věcí má blíž. Jestli k probuzenému dítěti
či k slzám snad?

Where you look down,
I've walked before, burning holes.

„Nedáte si cigaretu?" nabídla mu
Wednesday. Pavel natáhl bezmyšlenkovitě ruku.
„Jste nějaký zaražený," podivila se ještě
Wednesday.
„Měl jsem právě déja vu," zareagoval
Pavel, stále ještě cítil mlhu a projíždějící loď.
Najednou uslyšel rachot drátů, měl pocit,
že ohluchnul. Kolem prošla žena s dlouhými
kudrnatými vlasy.
„Kdo to byl?" zeptal se Wednesday.
„Zpěvačka z duše," řekla pohrdavě
Wednesday. „Něco jako já, ale zpívat neumí."

I am the ghost who comes and goes.

Pavel toho večera odešel velice neslyšně,

neviděně, ač se napojil na Jeffa Buckleyho a cítil jakési uspokojení a klid, nespatřil ho tam, ani se o něm nedozvěděl.

I am not with you, but of you.

Znělo, když za sebou zavíral dveře.

15 ZÓNA

Ten den se Jack McPhee procházel se svým přítelem stromovím u Sheep Meadow. Bylo dost chladno a vlezlo. Dost možná to bylo způsobeno tím, že měli vlhko v botách. Oba se choulili do kabátů, šli vedle sebe, ale ne zas tak moc blízko. Mlčeli. Nikam nespěchali, ale šli dost rázně, takže vzbuzovali pocit úspěšnosti. V jistém smyslu byli úspěšní. Není ale úspěch být šťastným? Ti dva šťastní nebyli.

Jack McPhee byl spíš v neustálém střehu, přeci jen se chová často záludně. Zrovna dnes ráno zamlčel matce, když hledala klíče od bytu, že mu zapadly do boty, a tak je ve vzteku hodil do výtahové šachty, stejně jako že se stavovala sousedka, určitě ho viděla, můra!

Jeho přítel měl umělecký úspěch, ale chyběla mu jednota, něco, co by spojilo jeho blahobyt, peníze s duší; chyběla mu žena - zmizela někde v newyorských klubech.

A tihle dva si to štrádovali mezi těmi stromy nedbajíce cesty, když se přítel Jacka McPhee zastavil.

„Co je?" zeptal se ho Jack McPhee. Jeho přítel neodpovídal.

„No tak, co vidíš?" znovu a důrazněji.

„Obraz. Musím TO namalovat." Jack se díval tím samým směrem, ale stále nic neviděl. Jen stromy, spadané listí, samé průzory, nic konkrétního. Nechápavě se podíval na přítele.

„Ten výjev," dodal teď. Jack McPhee se znovu rozhlédnul. Nic. Úplně přehlédnul Pavla krčícího se za dvěma stromy. Pavel se díval přímo na přítele Jacka McPhee.

Co oba uchvátilo v tu chvíli?

Pavel pár minut předtím bezcílně bloumal po Central Parku, kouřil cigaretu a dým ve větru za něj hledal směr, ale dovedl ho právě k tomu průzoru mezi dvěma stromy. Pavlovi připadalo, že se tudy dívá do místa, které mu nikdy nebude přístupno, i při největší snaze a přičinění se do téhle zóny nedostane. Ale má cenu bojovat za takovýhle sen? Co když je to jen utkvělá představa a není to vůbec žádné štěstí. On sem přeci nechtěl. Pavel trpěl těmito myšlenkami, nebyly to právě ony, které ho vedly k tomu, aby si sáhnul na život? V tu chvíli se tam objevil On s někým po boku. Div že to Pavla nedohnalo k slzám. Díval se sám na sebe, na představu, kterou měl právě před chvilkou v hlavě. Teď se rukou opíral o kmínek, vzpamatovával se ze záchvatu kašle, nevěděl, jestli to je přízrak z dávení.

Jack McPhee zůstal stát na cestě, ale jeho přítel se vydal k tomu místu, nebylo to zas až tak blízko, jak se zprvu mohlo zdát. Při chůzi přemítal o tom, co vidí. Muže, opírá se o kmínek, přikrčený k zemi. To není to, co cítil. Viděl v něm samotného sebe před pár lety. Byl to pro něj pohled do smutného údobí svého života. Už na něj dávno zapomněl, ani neví, jak ho vytěsnil. Teprve v tuto chvíli si uvědomil, jaké životní štěstí ho potkalo, a možná si právě v tu chvíli odpustil všechny své viny z minulosti, i ty, které byly domnělé.

Setkali se proto, aby se minulost a budoucnost překřížila v přítomnosti - jiskření, zkrat, přepálené vlákno. Oba si dostatečně uvědomovali závažnost tohoto setkání již v momentě, kdy je od sebe dělily dvě stovky kroků. Napětí v nich vzrůstalo každým krokem, ani jeden z nich nevěděl, co má očekávat. Pavel v sobě náhle našel sílu a vstal, i když před chvílí byl smrtelně vyčerpaný, a díval se tomu muži přímo do očí.

Dělilo je pár kroků. Oba mohli zřetelně

pozorovat své myšlenky jako vrásky na obličeji.

A teď - stojí naproti sobě, dělí je jen ty dva stromy.

Pavel objímá neznámého muže, je šťastný, že se může opřít o skutečného člověka. Muž ho konejšil ve svém objetí. Kdyby muž mohl být matkou, vypadalo by to přesně tak. Stáli v těsném sevření, nebylo v tom nic příliš osobního, jen vnímali sílu toho druhého.

Muž se od něj po chvíli odklonil, rukou zajel do kapsy kabátu a vylovil navštívenku. Pavel se mu krátce podíval do očí:

„Amen," prolétlo mu hlavou.

A pak šlo již všechno hladce. Muž se obrátil a spěchal zpět za Jackem McPhee, pocítil náhlou úlevu od své bolesti, rozpomněl se na svůj cit, který už v sobě dávno uklidil.

„Co jste to tam dělali?" zeptal se ho jedovatě Jack McPhee. Náhle muž viděl, jak moc se změnil.

„Potkal jsem sám sebe," vysvětlil Jackovi McPhee. Ten se na něj nechápavě podíval a jeho přítel věděl, že mu má mnoho co povídat.

„Vždyť je mezi Vámi dvěma rozdíl!" řekl podrážděně Jack McPhee.

„Samozřejmě. Já, na rozdíl od něj, měl štestí." Na to Jack McPhee mlčel. Věděl totiž, jak se jeho přítel dostal do NYC.

Pavel stál u těch dvou stromů, ještě když Jack McPhee s přítelem už dávno minuli Třešňovou hůrku, a v ruce obracel vizitku. Když si zapaloval cigaretu, teprve tehdy koutkem okem na ní zahlédnul:

Benjamin, Upper East Side.

14 CALIGULA

Dva muži ho pevně drželi v sevření, další mu stáhnul kalhoty. Pavel se zmítal nahý jak čerstvě narozený motýl. Muž vzal pevnou koženou tkanici a prudce stáhnul. Pavel se zkroutil v bolestech. Měl pocit, že mu z penisu crčí krev, obličej mu žároval, žíly na spáncích tepaly, sálalo všude neskutečné horko. Ještě teď mu vystřelovala bolest do zad. Nejprve nedokázal rozeznat, kde ho to bolí, ale po chvíli se to utrpení rozjasňovalo. Stále více cítil píchání u ledvin. Muž tkanici dotáhnul a pak Pavel definitivně omdlel.

Nejdříve snad slyšel duté rány, někoho mlátit do koženého pytle, jenže zpod hladiny vody. Poslouchal ten rytmus, nechal se jím unášet. Čím dál zřetelněji viděl mužskou pěst, jak buší do pytle, ten se vždy otřásl - od spodku se rozhoupal, chvíli kmital, a pak na chvilku klid a další rána. Vibrovaly mu v tom rytmu prsty. Cítil, jak mu mezi každým prstem prochází chladný vzduch. Neovládal ruce, jen mu visely bezvládně podle těla. Každá rána je rozhodila. Mužská pěst se znovu napřáhla k úderu, Pavel otevřel oči, viděl jen špičky kloubů. Vše se náhle zrychlilo, klouby se mu vryly do břicha jako šipky, Pavel vykřikl, slzy mu vystříkly bolestí - o co víc bolelo prozření. Břicho měl přeplněné vodou, sám byl pak natažený přes dřevěnou kladku. Cítil, jak mu každým úderem praskají střeva. Muži ho náhle popadli a postavili na nohy. Drželi ho z obou stran, neudržel by se na nohách. Z tmavého kouta se vynořil muž odporného zjevu, v ruce měl meč. Naskytl se mu až příliš křesťanský výjev. Pavel visel na těch rukách jak na kříži. Když se k němu muž přiblížil, Pavel pozvedl hlavu. A jediné, co viděl, jak se ten muž rozmách mečem. Jedním švihem mu rozpáral pevné břicho, proudy vody a pak už jen ticho a horká krev. Pavel ještě cítil, jak mu stéká po stehnech. Jakmile se převalila přes kolena, Pavel ztichl.

Oči otevřené dokořán, dech jak vytržený ze sešitu. Rukama se držel za břicho. Ležel celý mokrý na posteli. Ve vzduchu byl cítit zápach

moči. Rukou nahmatal lampičku, rozsvítil.
V pokoji bylo ticho. Pomalu se zvedl, byl celý
pomočený. Uchichtl se tomu, ale pak se
rozbrečel, dal si ruce na obličej, byly také
potřísněné. Neviděl žádné řešení. Došel do
koupelny, pyžamo hodil do koše na prádlo, začal
napouštět vodu do vany. V kuchyni si natočil
sklenici čisté vody, vypil ji do dna, zadýchal se
u toho. Na skleněné desce ležel nůž. Leskl se
v pouličním světle, které přicházelo oknem. Pavel
zatáhnul, minul lednici - na ní visel seznam věcí,
co se mu v životě povedly, ale taky hromada
nezaplacených složenek - a vrátil se do koupelny.

Otvíral šuplíky rohové skříně. V prvním
šuplíku viděl jen rozklepané vepřové maso, mělo
zvláštní nahnědlou barvu. Ubrousek byl složený
na talíři, nedalo se to jíst. Talíř byl odsunutý
ke kraji stolu. Pavel měl sklopené oči pod stůl.
Člověk by si mohl myslet, že přes desku stolu
vidí špičky svých bot. V druhém šuplíku na něj
zahulákalo barevné kuře. Který blázen by dělal
kuře na ostružinách a rybízu! Pavel zavřel oči.
Rukou si promnul obličej, doufal, že se mu uleví.
Ve třetím šuplíku nedovařené brambory, když
do nich píchnul vidličkou, zastavil se ještě před
prostředkem. Neulevilo se mu, jako kdyby měl
ruce z másla, obličej se jimi protavil, horečnaté
klouby. Zabouchnul šuplík.

Byl unavený, oči měl ospalé, zapálil si cigaretu, ploužil se tu po bytě, v rohu zmuchlané špinavé věci, sednul si na hranu vany. Zastavil vodu, pářilo se z ní, sklouznul do ní, rozplynul se na chvíli. Když otevřel oči, viděl zespodu skrz skleněnou polici spodek šampónu a olejů v dózách, nůž na skleněné desce v kuchyni. Pavel měl silnou obavu, že zešílí. Po chvíli si uvědomil, že se drží za čelo rukou, snad si do ní nevyrazil otisk. Zase mu hlavou proletěl nůž. Cuklo to s ním. Čím víc se na něj snažil nemyslet, tím víc se mu dostával do hlavy. Otevřel oči a pokoušel se je zafixovat na skleněnou polici. Nůž, který může vzít v kuchyni, skleněná police, nůž v ruce, skleněná police, nůž přiložený na zápěstí, skleněná police se napnula, nůž - jen říznout, police začala praskat, sníh! Bylo to jako první sníh. Pavel se díval, jak padají ostré vločky skla. Jen je chytit do dlaní. Skleněné vločky se mu zařezaly do kůže, pramínky krve. Pavel sebou zmítal jak kapr v kádi. Strašně se leknul, ale měl teď řešení na dosah ruky. Popadl střep, přiložil ho k ruce. Měl živou představu, jak si přetne žíly. Jenže začal váhat. Propadal zoufalství, myslel racionálně a znovu. Najednou ale umrtvil své city rozumem: *"Někdo jiný, ne já."*

Seděl v obýváku na zemi, stříhal náplast, zalepoval si ranky. Díval se skrz mříže v oknech ven, vlastně viděl jen ty mříže, světlo

prostupovalo dovnitř tak moc, že všechno
ztmavlo, mělo nádech tmavěmodré. Snad si
dokonce i myslel, že venku sněží. Vyšel
na terásku zahradního domku. Nesněžilo. Bylo
pošmourno, mraky se hnaly přes město, už jen
aby začali zpívat andělé. Z dálky byl slyšet hřmot
Kaliguly.

13 SIN-É

Pavel seděl za stolkem v kavárně Sin-é.
Nohu měl přes nohu, ale kotníkem. Na ní měl
položené desky a něco si do nich sepisoval.
Jednou za čas, když dopil čaj, obrátil zrak k baru,
objednal si další. A tak byl schopný strávit tam
celý den. Čaj si nesladil, cukry ale vždycky
uschoval, pro někoho je sbíral. A taky papírový
sáček od čaje vždycky vzal. Nechával si do něj
od přátel dýchnout a pak ho zavřel, jako aby mu
neulét, a na vrch napsal kdy, kde a kdo že mu tam
dých. Pak ho už jenom vlepil do svého sešitu.

Dýchá mi za krk a prská elektrické
křeslo, beztrestnost, Evropa, základna, život.
Pavel se na chvíli zastavil v psaní, ucrcnul čaje,
podíval se z okna na ulici.
Kosmos, Slunce, Mars, Jupiter, požírač
dětí. Vzpomněl si na svou matku.
Pinzeta, drážka, strup, bolest, rána -

vrána. Cítil, jak ho svrbí cejch na levé ruce.

Domov, dveře, rohož, cesta, sníh, šátek, buchty. Gwyneth je stále živá vzpomínka.

Ne, vzpomínka je minulost - myšlenka je přítomnost. Tečka, ne vykřičník!

Makovice, drogy, kafe, čaj. Jen se pousmál.

Bál, zábava, dveře, klika... Pavel zledovatěl, krabatil čelo.

A pak ho už napadaly jen divné věci, věděl o nich, ale v tuhle chvíli ho jen mátly. Byly to rodinné záležitosti, hloupá minulost, od které byl teď odskřípnutý:

„Teta Maruška, teta Bětuška a teta Siminka. Jak tahle svatá trojice mohla vychovat šťastné dítě? Jak v tomhle zatíženém prostředí mohlo vyrůst normální dítě?" Pavel si zapálil cigaretu.

„Teta Maruška, pán Bůh jí dej věčný klid, musela odříznout svého manžela z trámu. Proč se asi oběsil? To se nikdy nedověděla. A já se to taky nikdy nedovím. Teta Bětuška zas pohřbila své vlastní dítě. Co je ale horší? Když dítě zemře v útlém mládí nebo docela jako batole? Nedojeli ani do nemocnice." Vybavoval si fotku toho dítěte v rakvi.

„Na obličeji mělo skvrny, docela jako před časem jsem měl já." Pavel se otřásl.

„Smrt je někdy velice rychlá." Pavel dopil čaj a hned si objednal další.

„Teta Siminka se dodneška nevdala. Prý ji v mládí sledoval otec. Měla schůzku s klukem asi kilometr od domu. Měla z toho šok, doma pak prohlásila, že většího ponížení se jí v životě nedostalo. Bůh ví, jestli tohle nezpůsobilo, že se už nevdala."

Pavel přemýšlel nad věcmi, které doživotně poznamenají člověka. Zajímalo ho, jestli existuje na světě takový člověk, který by neměl nějaký traumatizující zážitek.

„Ani moje matka nebyla bez traumatu." Začal bránit v mysli svou matku, i když právě ji nenáviděl.

„Celej život prý poslouchala svou matku, jak naříkala, že je baráčnice. Tchýně ji neměla ráda, pořád proti ní něco měla. Ona ji za to zvala Arzbábou. No a matka pak musela žít celý život s tím, aby byla lepší než ostatní. Umřela by pomyšlením, kdyby o ní někdo řekl, že je baráčnice."

Pavel si uvědomil, jak čas letí a že je třeba, aby začal tvořit. Zase totiž odběh od práce. Měl přeci napsat píseň, ne se tady zatěžovat minulostí. Stejně tak nic nevyřeší. Zmuchlal papír a šel ho vyhodit. Vždycky dostane pocit, že to, co napsal, nevystihuje jeho problém, že to není dost dobré, natož aby to přežilo. Takže se většinu času spíš zabýval tím, aby nemluvil obecně, naprázdno, ale pokud možno ze své zkušenosti. Večer se blížil. Říkal si, že se musí vžít do role, o které dnes bude zpívat. Ten hrdina z jeho písní je velice zoufalý člověk, prožívá krizi a ztrácí sebeúctu. Přichází do velkoměsta, nenachází v nikom oporu, dotkne se dna a umírá. Jenže tohle všechno Pavel neměl v jedné písni. Každá píseň hovořila o malém kousíčku jeho života. A může zahrát jen tři písně, kterou tedy vybere? Pochopí to pak lidi? Nedokázal rozřešit, co je pro diváka podstatnější. Jestli hudba samotná, nebo v kontextu s dalšími písněmi. Přeci - význam dané písně se tím mění. Měl by něco mezi písněmi říct? Nějaké průvodní slovo nebo snad ilustrovat danou píseň?

Z přemýšlení ho vytrhnuli návštěvníci kavárny. Vtrhli dovnitř vcelku hlučně, tedy jak vzali za kliku a jak se bavili. Vypadalo to docela, že jsou v podroušeném stavu. Zasedli k jednomu většímu stolu a objednali si pivo. Chtěli točené, které nebylo. Pavla to docela rozhodilo. Takhle vyvádět, protože nemají to svoje pivo. Jak si u toho vedli, chovali se zcela otřesně i vůči obsluze. Pavlovi se sevřel žaludek, nemohl to poslouchat. Kdo ho chytí za ruku? Kdo ho podrží? Najednou ho jeden z nich chytil za zápěstí:

„Copak? Ty se s náma nebavíš? Volal jsem na tebe!" hlučel do něj chlap.

„Pusťte mě," zašeptal Pavel, selhal mu hlas.

„Co je? Někdo ti ubližuje?!" začal se do něj navážet týpek. Pavel na chvíli zavřel oči.

„Neslyšel jsem Vás." Vytrhnul se mu ze sevření.

„Hele mladej, moc se tady neutrhuj," šťouchnul do něj chlap, Pavel ztratil rovnováhu, málem spadnul ze židle. Radši se postavil. Obsluha někam zmizela, Pavel tu byl s nima sám.

„Co je, vole? Máš něco proti?" dorážel na něj valibuk.

„Co na mě tak čumíš, buzerante!" Tentokrát ho udeřil do hrudi dost silně, Pavel se zapotácel. Dostal strach. U stolu sedělo dalších pět mužů, všichni se tím strašně bavili. Tenhle chlap se ho snažil zatlačit do rohu. Náhle ho bouchnul do hlavy. Pavel už neváhal a vystřelil směrem ke dveřím. Chlap se vrhnul za ním, ale byl těžkopádnější. Nabral si stolem do kyčle:

„Kurva. Stůj, ty smrade!" Pavel vyrazil ze dveří, utíkal, co mu nohy stačily. Bylo chladno, začínalo pršet. Hlavou mu běželo milión věcí. Za dvěma bloky se zastavil. Valibuk se určitě ani nenamáhal běžet. Pavel chvíli stál na místě, přešlapoval, teprve až když byl promočený skrz naskrz, rozhodl se vrátit zpět.

Obával se ale, že tam ještě budou.

Díval se do kavárny oknem, ale neviděl
je. Přišel ke svému stolu, tašku měl prohrabanou,
přišel o všechny své písně, zápisy, adresář.
Sednul si na židli a rozvažoval, s čím bude dnes
večer vystupovat. Netušil, že dnešní vystoupení
se mu nevyvede, jak předpokládal. Jediný,
kdo oponoval názoru, že z jeho písní není cítit
nic, byla Gwyneth P-ow, která přihlížela z rohu.
Pavel byl už ale dávno v metru, přemýšlel o tom,
jak se potřebuje vyspat, a uklidňovala ho
myšlenka matrace v zahradním domku.

12 SCHIZO

Bylo hluboko po půlnoci, oba nemohli
spát. Gwyneth Flaq seděla v křeči na parapetě
okna, bolel ji žaludek, záda, hlava - celkově jí
nebylo dobře. Pavel seděl na karimatce na zemi.
V pokoji byla tma, světlo vstupovalo jen z ulice
- růžový odstín neonu ozařoval tvář Gwyneth, na
Pavla doléhala jen modř.
„Cítím se s ním opravdu jako ve vězení.
Já umřu." Gwyneth uronila slzy.
„Připadám si jako ve vězení. Mám ho
ráda, miluji ho, ale náš vztah není dořešený.
A nebude nikdy. Jsme oba tak jiní." Pavel jí
naslouchal, trochu sípal, na čele mu vyrazil pot.

„Kdybych mu to řekla, vím, co by cítil. On by věděl, kde udělal chybu. Tu samou chybu, jako vždycky. Ale proč já mám odnést tyhle bolesti?" Schoulila se do klubíčka.

„Proč mě stále zraňuje těmi svými tendencemi opustit mě?"

„Gwyneth, nemůže tě opustit, protože tě ve skutečnosti nikdy neměl." Pavel se díval na své ruce. Věděl, o čem mluví. Gwyneth se dívala z okna. Někdo nastoupil do taxi a odjel.

„Ale já ho..., nemám pocit, že by byl se mnou šťastný. Vždy, když s ním mluvím, je tak sarkastický." Pavel si lehnul, teď byly jeho léze dost dobře vidět. Hladká ranka se blyštila v modrém světle. Jen tiše:

„Nemá sílu dělat na lidi hezké obličeje, přesvědčovat někoho, bojovat o něco, usilovat. Ten jeho sarkasmus, to je jen pláč nad vlastní neschopností se rozhodnout."

„Co ty o tom víš?" otočila se na něj Gwyneth. Pavel se na ni podíval. Vypadala nevinně, jenže zářící červený neon napovídal o něčem jiném.

„Vina není nikdy jen na jedné straně," řekl vážně. Gwyneth se trochu uraženě otočila k ulici. Pavel zavřel oči. Poslepu si zapálil cigaretu. Když otevřel oči, viděl stoupat dým ke stropu, vinul se jako točená svíčka, dostal závrať, motala se mu hlava, pokoj se s ním

nakláněl. Vypadalo to docela, že Gwyneth
vypadne z okna.

Most, klenutý v Central Parku, jen obrysy
dvou postav. Není ani poznat, kdo je kdo. Stáli
naproti sobě, ale dost daleko od sebe:

„Je čas, abys šel svou cestou. A já taky."
Pavel na to mlčel. Neměl k tomu co říct.
Nenapadalo ho nic. Přehodil si kytaru na druhé
rameno.

„Ty se o sebe postaráš. O tebe strach
nemám." Pavel sebou cuknul. Byl to výsměch
nebo pláč?

„A co bude s tebou?" zeptal se Pavel.

„Nevím, nevím, kam ještě půjdu," řekla
Ann.

„Čí to byl sen?" dožadoval se znovu
Pavel odpovědi, ale dočkal se jen ticha. Vše se
kolem zpomalilo, padnul na kolena, druhá
postava se mu rozplynula přímo před očima.

„Pavle!" Gwyneth chytila Pavla za ruku.
To Pavel vzal jako významnou pomoc. Najednou
zcela nabyl jistoty, značně se mu ulevilo.
Gwyneth mu šla udělat silný šálek kávy.

Za chvíli byla zpět. Jednou rukou
podpírala Pavlovi hlavu, druhou mu dávala napít.

Pavel pomalu vychutnával. Když dopil, Gwyneth mu stále držela hlavu, dívali se do očí. Gwyneth se k němu přiblížila a vtiskla mu políbení na rty. Byly vlahé, to si Pavel uvědomil hned. Vlahé, živé rty. Položila mu hlavu na polštář, šla si sednout na parapet.

„Vidíš. Je to stejné." Pavel mířil přesně.

„Je to hloupé, všechno podřizovat sexu. Jenže já nejsem sexem posedlá jako on. Nemám potřebu se sexuálně uspokojit jako on." Mluvila, jako by ani nevěděla, že Pavlovi teď vtiskla políbení. Vůbec si to neuvědomovala. Nebo se to Pavlovi zdálo? Nebyl si jistý svými počitky.

„Ona to totiž není věc sexu. Jen si vem ten vzorec volnosnubných orgií, představ si, že nějakým podobným způsobem on vnímá lidi kolem sebe, lidi, kteří mu něco dávají, kteří ho oslovují." Přestala mluvit. Viděla, jak se můry vrhají do pouličních lamp.

„Já mu budu do konce života dávat vinu, že je volnosnubný, že pro něj mají větší tajemství ty jeho KURVY," vyhrkla v pláči sprostě. Bylo to od ní dost politováníhodné. Neudržela svou důstojnost.

„Nebereš ho, jaký je. Nejde o to, jestli s nimi spí, jde o to, že jsou to lidé blízcí jeho srdci. Ten sarkasmus je jasný důsledek všeho. Myslím, že víš, kam to povede. Když ho opustíš, bude svobodný člověk, který je srovnaný sám se sebou, s ostatními, který si v šedesáti zoufá, že si nenašel nikoho pro život." Gwyneth dělala, že Pavla neposlouchá, byla od něj odvrácená, ale hltala každé slovo.

„Je to jen jeho hloupost, že zahazuje takhle nabídnutou rukavici, ale tahle rukavice je pro něj příliš těsná, nevejde se do ní zkrátka celý. Nemiluješ ho takového, jaký je. Takový, jaký je." Pavel chvíli přemýšlel.

„Jenže, není také hloupost házet mu příliš malou rukavici?"

„Nehodlám mu dát jinou nabídku. Já nepřekousnu, já to nedokážu překousnout," řekla přesvědčeně Gwyneth.

Pavel si uvědomoval čím dál více, po čem do této chvíle toužil. Bylo to něco, co nemělo za žádných okolností budoucnost. Obraz se mu začal vyjasňovat. Viděl odcházet postavu, černé kalhoty, zvuk bot - klip klap klip klap.

„Dobrou noc, Pavle. Musíš odpočívat." Gwyneth si lehla na matraci, usnula velice rychle. Pavel ji sledoval ještě dlouhou dobu. Dýchala tak klidně, že se její dech ztrácel v jeho. Tu noc z ní vysál všechnu krásu, všechnu sílu, co mohl. Byla to poslední noc s ní, to věděl bezpečně. Ona už nebude nikdy taková jako dřív. Zmizela všechna

její otevřenost, zůstala jen nevraživá dívka,
zatrpklá, která kolem sebe rozlévá hořkost. Sladší
než med, hořčí než žluč. Pavel zavřel oči, zdálo
se mu o Děvčátku z kontryhelu.

11 MARKÝTKA

Pavel seděl na nádraží. Nevěděl proč,
ale na nádraží se cítil svobodně. Dávalo mu
možnost odejít pryč. Akorát neměl v kapse
drobné. Z jakého důvodu byl vlak pro něj
symbolem loučení? A jak je možné, že mu dávalo
pocit svobody, když právě naslouchal zvláštnímu
rozhovoru mladé ženy - nejspíš už nemohla unést
tíhu newyorského stylu života.

Pavel si představoval evropský vlak,
který hučí nocí a proráží mlhu, na přední sklo se
lepí listí stromů, co shodily kabát. Je to ten vlak,
co míří přes hranice západní Evropy na východ.
Vlakem přes Rusko, severní cestou. Pavel se
zastavil v Hong Kongu. Vystoupil z vagónu, objal
svého nejlepšího přítele, nasedli na zvláštní
výtah, který stoupal obloukem vzhůru. Vítr v těch
výškách byl dost prudký. Schoulili se do klubíčka
v rohu. Když pozvedl oči, spatřil v dáli na obzoru
Sochu Svobody. Byla velice malá, smog jí
svazoval nohy, ruce a oslepoval oči. Náhle jí
začal praskat povrch, nejdřív neznatelně, ale pak
se prasklina šířila velice rychle dál. Vydrolily se

jí oči, polámaly nehty a náhle zestárla o sto let
a Amerika vypadala jako most, který končí
na obou stranách v oceánu. Je možné, aby
svoboda zestárla?

Tok Pavlových myšlenek přerušil
přijíždějící vlak, skřípot brzd. Neslyšel ani, co si
mladá žena s mužem povídají. Jen viděl ty
obrovské slzy, co padaly té dívce od očí. Držela
svého milence za ruce, vedle ní na zemi stál kufr.
Muž vypadal mnohem pevněji a muselo ho stát
hodně odvahy, než řekl to, co Pavel zaslechnul:

„Já se bojím říct ti - běž! A ty se mně
bojíš říct - odcházím." Pavel polknul. Na jazyku
ucítil vodu z fontány v Central Parku. Olízl si rty.
Bože, jak jeho rty byly žádoucí po polibku. Muž
se otočil na podpatku a zmizel. Žena tu zůstala
stát, z kapsy vytáhla kapesníček, osušila si oči.
Pavel seděl dál na lavičce, sledoval ji. Náhle jí
kapesníček spadl. S Pavlem to cuklo, ale nezvedl
se. Dívka si ho sebrala a strčila ho do kapsy.
Pavel si zase pohodlně seděl. Mladá žena si ho
vůbec nevšímala. Měla dost problémů sama se
sebou. Z vlaku stále ještě vystupovali lidé. Žena
zvedla kufr. Pavel počítal její kroky. Jeden, *dala
si vlasy za uši*, dva, *zhoupla se v bocích* - a přesto
na ní bylo vidět, že ji něco tíží, tři a *kufr se jí
otevřel*. Po peróně se rozsypala všechna její
tajemství. V tu chvíli si Pavel uvědomil, že dívka
nechtěla vůbec říct:

„Odcházím." Viděl to zcela jasně. Na peróně ležela panenka. Ona se pro ni shýbla. Kdyby ji v tu chvíli zvedla jako dítě, kterému upadla hračka, Pavel by si ničeho nevšimnul. Jenže ona ji zvedla tak láskyplně a zadívala se jí do knoflíkových očí. Ona chtěla říct:

„Čekám s tebou dítě." Jaké byly její důvody k odjezdu, to Pavel vůbec netušil. Věděl však, že pro ni svoboda znamenala víc než život po boku muže. Pavel si řekl pro sebe:

„Jsem rozhodnutý." Usmál se tomu. Díval se při tom na nádražní hodiny. Proč se tomu pousmál?

„Jsem rozhodnutý." Zasmál se tomu ještě víc. Komu se vlastně vysmíval? Co na tom bylo tak směšného.

„Jsem rozhodnutý." Snažil se to říct silněji a důrazněji, ale stejně to nebylo slyšet. Trochu se zamračil, cítil tlak na prsou.

„Jsem rozhodnutý." Najednou si uvědomil, že vůbec neříká:

„Jsem rozhodnutý." Ne, on se ptal! Ptal se sám sebe, jestli je rozhodnutý.

„JSEM rozhodnutý!" Dal důraz na ono „jsem" a neopomněl zdůraznit to tvrzení.

Zalekl se, protože to uslyšel ve svém srdci. A pak se rozplakal. Propukla v něm všechna bolest. Ten smích byl jen výsměch

vlastní neschopnosti, které přivykl. Nakolik byl
jeho život pasivním pohybem? Byl ten správný
čas, starat se sám o sebe a přestat se litovat. V tu
samou chvíli žena nastoupila do vlaku a zavřela
za sebou dveře. Opřela se o ně, zhluboka se
nadechla. Šla si sednout na místo, začal pro ni
nový život. Z okénka ještě zahlédla Pavla, ale pak
únavou usnula.

Pavel se zvednul z lavičky, všimnul si,
že na lavičce vedle sedí panenka. Koukala na něj
svýma knoflíkama. Vzal ji do ruky. V kapsičce
měla cedulku a na ní bylo napsáno:

Markýtka.

Pavel ušel pár kroků. Náhle se zastavil,
obrátil se, rozjížděl se vlak. Střetnul se s očima
Markýtky. Byla to dívka z fotografie, nepoznal
by ji, nebýt těch očí. Pak už jen viděl, jak je
zavírá a sní o lepší budoucnosti.

Pavel seděl v nádražní restauraci.
„Co si dáte?" zeptala se ho číšnice.
„Nějakou dobrou kávu." Číšnice se na
něj usmála a za chvíli mu přinesla překapávanou.
Když odešla, Pavel jen se vztekem:
„Sakra!" Měl chuť na latté, proč si neřekl
latté!

Bezcílně šel ulicí a, ačkoliv byla poloprázdná, srazil se s protijdoucím člověkem. Dostal ránu futrálem od kytary. Zaúpěl bolestí. Otočil se za tím mužem, nadechnul se, že na něj něco zahuláká, ale tu uslyšel, co si muž pobrukuje:

,Miloval jsem toho chlapce. "

Pavel zůstal stát, ale pak si zapálil cigaretu a šel dál. Necítil se náhle sám.

10 KERAD

Bylo pozdně letní odpoledne. Pavel seděl na polorozpadlé terásce zahradního domku. Měl krásný výhled na město. Nikdy si nedokázal představit tu zvukovou kulisu New Yorku, teprve teď si ji mohl vychutnat v plném znění. Bylo to, jako kdyby poslouchal Novosvětskou symfonii. Vzpomněl si na domov.

„Ale já už přeci žádný nemám." Povzechl si a zápalil cigaretu. Popel odklepával do popelníku, který ležel na zemi. Opřel se o stěnu, ještě se ujistil, jestli se s ním nevyvrátí. Bylo to trochu směšné. Z branky dole ve tmě se vyhoupnul N26. Pavel ani nevěděl, proč se mu tak říká, a pochyboval o tom, že by se to kdy dozvěděl. Bral to jako fakt a moc se tím nezabýval.

„Tak jak ses měl v práci?" zeptal se ho
Pavel.

„Jsem utahanej jako kotě. A Kerad pro
mě dneska nedojel." Pavel si uvědomil, že své
přátele nezná ani jménem.

„Za kým jdeš?" zeptala se ho máma.

„Ále, toho neznáš," odvětil Pavel.

„To je zase nějakej umělec, co?" rýpala
dál.

„Jo, je." Dávno se tím už nezabýval.
Matka ztratila nit.

„Tak jak se jmenuje?" Pavel na to pokrčil
rameny.

„Neznáš snad jeho jméno?" pokračovala
ve výslechu.

„Říká se mu Tommy," vysvětlil stručně.

„Aha, takže to bude Tomáš!" Pavel se na
ni podíval, i když nechtěl, naznačil, co si myslí
o těchto jejích úvahách.

„No, asi je zase někde na cestách." Pavel
se zasnil, vzpomněl si, jak ho Kerad vezl v autě
starosty města New York. Sedačka ho příjemně
hřála, mohl si dát nohu přes nohu, ze srandy
kynul rukou na pozdrav lidem na ulici. Ti se na
něj dívali, říkali si:

„Pozdravíme ho, bůh ví, kdo to je."
A tomu se Pavel teď usmíval.

„Čemu se směješ?" zeptal se ho N26.

„Někdy mně ti přijde, že ačkoliv se mám
blbě, můžu zažít neskonalý štestí." N26 to
potěšilo. V tu chvíli si pomyslel, že je mu krásně.
Také si zapálil cigaretu a díval se spolu s Pavlem
na město. Za pár let si na tenhle okamžik
vzpomene.

Pavel přemýšlel o těch chudých bohatých
večeřích, co mu Kerad s otcovskou láskou
servíroval, jak se staral o dobro svých
nemajetných podnájemníků. A ještě! Spal
vždycky na židli. Vysvětloval to tím, že vleže by
stejně neusnul, ale Pavel si byl jistý, že kdyby
měl s kým lehnout do postele, že by si rád lehnul.
Takhle přenechal své místo na matraci Pavlovi.
A ten byl za to vděčný. Zachumlal se do ovčí
deky a plakal štestím. Kolikrát se v noci probudil,
N26 vedle něho tiše spal - vypadal trochu jako
lesní skřítek z Trnkových filmů, a koukal se před
sebe. Měl pocit, že má slabý dech a srdce že
netluče. Musel se tímhle ujistit. Pak si zase
v klidu lehnul. Kerad byl v tomhle silnější,
pravda, byl starší o dva křížky, ale to nic
neubíralo na jeho síle. Pavel byl přesvědčený,
že Kerad před všemi něco tají. Pro něho Keradův
pozitivní pohled na svět skrýval jakési tajemství.

Co to bylo, nevěděl. Vždy ho znervózňovalo Keradovo:

"Příští měsíc jedu do Švýcar." Jenže nikdy neodjel. Bylo vidět, že něco plánuje, ale nikdo neměl ponětí, co to je. A Pavel měl pocit, že něco není v pořádku.

"N26, cítíš se sám?"
"Ne, i když ano."

Ten den Kerad už nepřijel. Jako každé ráno oznámil svůj pravděpodobný odjezd do Švýcar, ale tentokrát ho opravdu uskutečnil. Pavel ho pak už nikdy neviděl. Nabyl dojmu, že zřejmě už nežije. Ten pocit v něm sílil a jednou skutečně narazil na jeho jméno na internetu. Někdo ho tam úpěnlivě hledal, nakonec zjistil, že je mrtvý. Ale dost možná to byl jiný Kerad.

"Kerad. To je jako Dárek," řekl N26.
"To máme tedy Vánoce každý den."
Pavel se usmál, ale pak si uvědomil svou vnitřní bolest. Kde je vlastně jeho otec?

9 PARAZIT

Pavel seděl na zemi, špatne se mu dýchalo, třásl se - měl horečku. Díval se na

Kerada, jak připravuje snídani. Zatím oba mlčeli. Kerad poulil oči do pánve, občas upil kávy, sem tam se uchichtl. Ano, Kerad se často a hodně smál. Pavel ho proto ze začátku neměl moc rád. Dalo mu dlouho, než si na to zvyknul. Ani teď si Pavel nebyl jistý, čemu že se směje.

„Není mi dobře," řekl Pavel.

„Nestěžuj si pořád na něco," zachrčel na něj Kerad.

„Ale, mně opravdu není dobře," zopakoval Pavel, třásl se mu hlas. Ale cítil, že mluví strašně falešně, sám sobě teď nevěřil.

„Nebuď slečinka."

„Pojedu do nemocnice."

„Já tě tam odvezu sám. Chachá," zasmál se Kerad, odešel do vedlejší místnosti. Nebral ho vůbec vážně. Pavel se sesbíral ze země. Vypadal jako loutka. Byl strašně bledý, oči měl sklovité, dech mělký. Jeho pohyb byl celý těkavý. I to, jak sundal kabát z kličky na okně, způsob, jakým zavázal tkaničky u bot.

Pavlův otec mlčel. Vypadalo to, že se dívá na Pavla, ale ne. Zato Pavel na něj upřeně hleděl. Ani tentokrát mu otec nic neřekl. Ten si nikdy nestěžoval - na nepohodlí, bolest, nemoc. To Pavla rozlicovalo, protože nikdy nevěděl, jestli jeho otec potřebuje pomoct, nebo jestli si hraje na hrdinu. Pavel ho objímal a plakal.

Seděli, Pavel a jeho bratr, na trávníku.

„Mně se tuhle zdálo, že jsem se ráno probudil. Vstal jsem, šel přes obývák a jídelnu do kuchyně, dal jsem si vařit na čaj. Celou dobu, co konvice ohřívala vodu, jsem slyšel, jak někde něco hlomozí. Nevěděl jsem proč, ale přišlo mi to divné. Zvuky, které byly běžné, mi běžné nepřišly. Slyšel jsem vřískot dětí z parku, cirkulárku od sousedů jsem vnímal úplně jinak. Bubliny v konvici stoupaly pomalu. Nevím proč, asi nějaká předtucha, jsem se vydal do koupelny. Otevřu dveře, vezmu si kartáček z poličky, nandám si pastu, sednu si na kraj vany a dívám se do zrcadla. Jak si tak čistím zuby, slyším každé vlákno kartáčku, vidím kapku, která se tvoří od kohoutku ve vaně v odrazu zrcadla. Podívám se do vany, kohoutek nekape. Každá kapka, která se utrhla z toho kohoutku, s obrovskou dutou ranou dopadla na vodní hladinu. Vana v odraze byla zřejmě plná. Šel jsem k zrcadlu, jak jsem se blížil, spatřil jsem ho! Strašně jsem se leknul, nemohl jsem to rozdýchat. Ve vaně ležel utopený taťka. Byl celý krabatý a modrý. Pamatuju si ten výraz v jeho obličeji." Pavel se obrátil na bratra. Ten zadržoval slzy. Nebrečel, ale bylo vidět, že se ho to nějakým způsobem dotklo.

„Já, já jsem jel autem a najednou se mi zastavilo. Na křižovatce. Nevěděl jsem proč. Naštěstí tam byl autoservis. Dotáhli ho tam, dali na plošinu a zvedli. On tam byl připoutaný, mrtvý!" Pavlův bratr byl stejnou měrou zničený a rozzlobený. Díval se na protější stěnu a vyrýval do ní očima otcovu tvář.

„Parazit jeden! Vždycky se staral jen o sebe. Tím svým falešným hrdinstvím si dodával sílu a bral ji nám!" Rozbrečel se. Pavel ho objal.

„Bral ji nám! Proč to udělal? Proč nás tady nechal!" Pavel neměl odpověď na tuhle otázku. Ačkoliv si vyčítal daleko víc to, co se stalo. Věděl, že přeci jen, když skutečně potřeboval, obrátil se na něj. Jenže v tu chvíli to Pavel bohužel neviděl. Pavel si uvědomil blízkost, kterou sdílí teď s vlastním bratrem. Vlastně jedině v těchto chvílích se semkli. Jen ho mrzelo, že věděl už dopředu, jak se budou věci odehrávat dál. Prvotní šok zmizí a pak - to zaběhne do starých kolejí.
Ta známá schovávačka před bratrem.

Vyšel před domek, překvapil ho nebývalý chlad. Strčil své zkřehlé ruce do kapes kabátu. Choulil se do něj, byla mu zima. Na zádech nesl tašku, a přestože byla prázdná, vypadala, že ho zlomí. Pavel prošel zahrádkou, obloukem pro růže, kolem staré studně - dost netypická zahrada na New York. Až když zašel za křoví, zastavil se a chytil se plotu. Udělaly se mu mžitky před očima. Hlava se mu točila. Ranky po těle ho

svědily, ty, co měl na tváři, pálily v poryvu větru.
Pavel se pustil a přidal do kroku, aby byl
u autobusu co nejdřív. Měl strach, že Kerad zjistí,
že odešel, a že se za ním vydá.

Pavel ležel na vyšetřovacím stole.
Doktorka mu stáhla se sestrou kalhoty ještě
o trochu víc.

„Teď nám budete muset trochu pomoct,"
usmála se na něj.

„Tak, oběma rukama otevřete ústí. My
Vám uděláme výtěr a podle výsledků uvidíme,
ano? Nebojte se. Bude to trochu nepříjemné."
Od té doby Pavel věděl, jak vata není jemná.
Doktorka mu zavedla do penisu tyčku a řádně
s ní provedla výtěr. Pavel bolestí zalapal po
dechu.

„Tak podívejte. Syfilis to není. Jsou to
schizomycety. To je v podstatě běžná bakterie."
Pavel seděl na židličce, hlavu měl sklopenou. Ani
se nedíval, nechtěl vidět. Doktorka se otočila
k počítači a začala do něj něco mlátit.

„Takže je to psychosomatický." Doktorka
se na něj podívala. Pavel zvednul oči. Teprve teď
si uvědomil, že není o mnoho starší než on.

„Buď tedy si dojdete někam do krizového
centra a tam Vám dají prášky." Pavel zbystřil.

„Anebo můžete začít kouřit.

Pravděpodobně to otupí trošku vaše nervy a tyhle
příznaky časem vymizí. Vyjde Vás to ale dráž,
cigára Vám pojišťovna neproplatí." Usmála se
na něj. Pavel poděkoval a odešel.

Před nemocnicí se zastavil u trafiky.
Díval se na krabičky cigaret a vybíral si značku.
„Tak co to bude, mladej pane?" zeptala se
ho trafikantka.
„Jedny Davidoffky. Mildky. A jeden
zapalovač." Trafikantka se na něj usmála a podala
mu to. Pavel rychle zaplatil a kousek za trafikou
rozdělal krabičku. Zapálil si cigaretu, nejdřív
decentně a pak již zcela naplno natáhl kouř do
úst. Omotal si ho kolem jazyka a pak ho pomalu
vypouštěl. Nakonec vtáhl kouř do plic, zadržel,
zavřel oči a vychutnával si to blaho, co mu
cigareta dala. Cítil se najednou líp. Ne, bylo mu
líp.

8 KLIKA

Leželi s Annou na plastových zahradních
lehátkách. Pavel měl na nohách těžké zimní boty,
koukaly mu z nich silné ponožky, jinak byl jen ve
slipech. V koutě dvora zahálel ještě sníh, přestože
dnes slunce pálilo. Nedívali se na sebe.
Na dvorek přišla babička:
„Sundejte si ty boty! Ty nohy si taky

potřebujou odpočinout! Ať Vás to slunce polechtá na chodidlech." Pavel se pousmál, cítil, jak ho tahle slova polechtala na hrudní kosti. Sundal si boty. A teď si opravdu připadal jako v tropech. Odpoledne si dali ještě krátkou vycházku do lesa. Vzduch byl svěží. Jeho smysly byly dokonale omámené. Za vesnicí na kopci byla stará vodárna. Střechu měla dávno propadlou. Dveře byly pootevřené. Pavel ji jen obešel, díval se na ty dveře. Chmurný mír.

Stál u Želvího jezírka, byla tma. Připadal si tam docela sám. Nedaleko svítila lampa. Padal sníh. Jak jiný je newyorský sníh, víc lne k řasám. Pavel začal tiše zpívat.

Měl jsem já frajíra,
z hodslavických plání.
Slýchával jsem jeho hlas
na horských stráních.

Zrovna se tu vracel z práce Jill Sense. Zaslechl tu píseň, šel za ním, netušil ani, o kom je. Zkrátka, zastavil se nedaleko a poslouchal. Pavel měl přivřené oči, neviděl ho. Jill Sense ho viděl dokonale. V tom celku velké detaily, jako: vlasy za uchem, bílé rty, vločky na obočí, zkřehlý nos.

Z hořkosti zpívám,
z žalu tón k tónu vedu.
Nejsem tam, kde chtěl jsem být,
kdo mi nalil do žil tolik jedu?

Samota mé dopuštění,
slabost a můj věčný hněv,
na frajíra, na rodinu,
na všechny jsem zapomněl.

„Co tu děláš?" Pavel ho spatřil. Tedy, ne
tak docela. Viděl někoho ve tmě. Jill Sense se
otočil a zmizel. Hlavou mu snad ještě problesklo:
„Co mi tenkrát bránilo?"

A Pavlovi: „Proč jsem se spíš nezeptal:
Kdo jsi než Co tu děláš?"

„Co tu děláš?" Pavel si potřeboval
odskočit, tak zašel na záchody. U žlábku stál jeho
otec, močil, ale díval se na okénko u stropu.
Neodpovídal. Jen se stále díval. Pavel se tam
podíval taky. Mimo oprýskaného okénka
s plastovou kličkou nic neviděl. Venku byla tma,
takže nebylo nic vidět.

„Nic, jen se koukám," řekl otec, zapnul
se, chtěl odejít, a pak se zastavil.

„Jsem tu sám."

„Ale prosím tě, nejsi tu sám. Máš tu
kamarády, mě a bráchu," řekl Pavel, taky se

zapnul a pak se spolu s otcem vydal do sálu. Všude páry, tančily, bavily se - u stolů, na parketě, u barů. Pavel si sednul. Táta zůstal stát.

„Posaď se," vybídnul ho Pavel.

„Pojď domů. Mě to tady nebaví," řekl mu otec.

„Dyť tady hraje pěkná hudba, tvoje generace, no poslouchej."

„Ale já se tady cítím sám," zopakoval mu.

„Tati," odvětil Pavel a díval se po sále.

„Tak já půjdu domů," čekal na reakci Pavla. Ten však pokukoval, kde kdo je.

„Nechceš si se mnou popovídat?" zeptal se ho zas.

„Jojo, ale zítra. No tak, posaď se tu. Hrajou pěkně," vedl si Pavel svou.

„Jsem unavenej, Pavle." Podíval se mu do očí.

„Nešel bys se mnou domů?"

„Ale já se nebudu zlobit, když půjdeš domů," řekl Pavel bezmyšlenkovitě. Jenže to už tam jeho táta nebyl. Pavel seděl na lavici, opřený rukama o kolena. Díval se do sálu. Něco mu běželo hlavou. Podíval se doprava, pak se zase posadil tak, jak seděl. Podíval se na stůl, napil se piva. Podíval se na druhou stranu. Hladil si stehna dlaněmi. Měl zvláštní pocit, že mu tady něco nehraje. Někdo tu na plese není. Táta to není, ten odešel. Že je sám, vždyť tu má přátele. Pavel sledoval jeho kamaráda z mládí. Seděl se svou ženou u stolu.

Pavel zamířil na záchody. Stál u žlábku, močil, ale díval se na okénko u stropu. Na záchod přišel jeho mírně podnapilý bratr.

„Co tu děláš?" Pavel neodpovídal. Jen se stále díval na oprýskané okénko s plastovou kličkou. Venku byla tma, takže nebylo nic vidět.

„Nic, jen se koukám," řekl Pavel.

„Brácha, ty seš nějakej divnej." Pavel se zarazil. Řekl přece: Brácha, ty seš nějakej divnej.

Byla zima, Pavel měl prsty úplně promrzlé, tvář měl přitom zcela rozpálenou. Seděl na zemi, brečel. Po tvářích mu hořely slzy. Když slza spadla do sněhu, zlostně zasyčela.

Newyorský sníh se pomalu snášel k zemi a zakrýval všechno řeřavé. Taková dočasná náplast, záplata na bolest. Pavel se uklidnil, měl přeci v hlavě krásnou píseň, melodie se mu jako zázrakem složila sama, slova již měl. Opravdový život, to je spoluúčast na tvorbě.

7 JILL SENSE

Jak to bylo pro Pavla všechno relativní. Čas zejména. Nerozuměl tomu. Čas byl pro něj ničím, ne - jen posloupností. Nedokázal tedy říct, co v kolik udělá. Dokázal věci jen za sebe seřadit. Chyběl mu víceméně organizační talent. Ale kdysi ho měl. Bůh ví, kdy se to změnilo. A teď, když seděl na zemi u Jilla Sense, nevěděl, jak má srovnat události, svou minulost, o které vyprávěl. Míchalo se mu všechno do sebe. Ten večer s Jillem Sensem byl jako začarovaný nápoj.

„Jak se jinak mám? Snad abych to zhodnotil pro tvou představu obšírněji, viď?" Podíval se na Jilla. Dosud si toho moc neřekli. Jill se usmál.

„Tedy, snad abych začal rodinou. Otec byl na dlouhé dovolené, na které si, abych tak řekl, vůbec psychicky neodpočinul, ale poznal aspoň nový kraj. A nový kraj, nový mrav. Byl na Mauritiu. S mamkou jsem se, jak bych tak řekl, vůbec nevídal." Jill Sense mlčel. Pavel se mu do očí skoro nedíval, studoval kresbu dřeva na podlaze. Nějak se mu to nepodařilo dobře zformulovat. Proč vlastně začal nějakou dovolenou?

„Lháři! Co mu to povídáš!" Pavel sebou cuknul, tak se leknul svých výčitek. Tyhle

149

informace neměly ani hlavu ani patu.

„To víš, za vídání se nedají považovat technická setkání." Jill se položil na bok a podepřel si hlavu. Pavel seděl v tureckém sedu.

„Prarodiče - tedy můj postoj k nim, byl a je dost nejednoznačný, jezdil jsem tam sporadicky - i když ne tak málo, jak by se dalo očekávat, na druhou stranu - ale psychicky mě to dost vyčerpávalo. Druhá babička s dědem, to je taky schíza - děda měl alzheimra - babička si užila do sytosti. Ale vzhledem ke stavu naší rodiny, ani tam jsem moc nezavítal. A když - bylo to dost - narušené setkání, o spoustě věcí jsme se nebavili."

Pavel se díval na Jilla. Měl zavřené oči:

„A co ty, Jille?"

Jill Sense jen zakroutil hlavou a řekl:

„Povídej dál. Rád poslouchám." Pavel si vzpomněl na Stana. Jak si byli tihle dva podobní.

Stano ležel v posteli:

„No a co třeba tví přátelé?"

„Přátelé?" zeptal se Pavel, nebyl si jistý, jestli vůbec nějaké přátele měl.

„No, kamsi se vytratili..." Stano otevřel oči.

„Ano ano," ujistil ho Pavel, i když Stano měl spíš obavy, než že by si nebyl jistý.

„Způsobil jsem si to tak trochu dost sám - tím, jak jsem společensky nemožnej, namyšlenej a podobně. To asi bez nadsázky. Omlouvám si to svým posttraumatickým stresem - na druhou stranu - své chování nedokáži jinak vysvětlit. Mé nálady se mění od rána do večera strašně moc, zřídka kdy mám stejnou náladu víc než čtyři hodiny. Ale přeci nebudu rozdávat svým přátelům a okolí příručku Návod k použití, že?...“

„Ne, to jistě ne,“ tiše zkonstatoval Jill Sense a olíznul si bolavý ret.

„No - musím se tím prokopat sám - nicméně, to už se kopu dva roky a moc se mi nedaří.“ Pavel se díval na Jilla. Vypadal docela jako na obraze, jen se mu lehce zvedala hruď, jak tiše dýchal. Ten vnitřní pohyb by snad dokázal zachytit Anderle nebo nějaký živelný newyorský malíř. Jill otevřel oči, nebyli tak daleko od sebe:

„A co teď?“

„A teď? Měl bych být šťastnější, ale nejsem. Asi - jsem se změnil. Po tom, co jsem se ocitl tady, jsem si tak nějak uvědomil, že svůj život jsem stavěl na nepevných základech... a ještě teď to vidím, ale zatím, jsem v pozorovací fázi. Snažím se vysledovat, co všechno, ale ještě se v tom patlám, nic neměním, spíš analyzuji a plánuji, co dál.“

Jill si lehnul na záda. Vypadal unaveně.

„Zvláštní, tohle setkání. Vidím tě prvně v životě a ty tu posloucháš, co já. A přitom bych se raději dozvěděl něco já o tobě." Jill Sense mlčel. Pavel se přisunul blíž, a přesto necítil žádnou odezvu. Nedokázal s jistotou určit, kde chybuje. Ať se k němu přiblížil nebo oddálil, nemělo to sebemenší odezvu. Zkrátka, na jeden večer vstoupil neznámému člověku do bytu.

Pavel se pousmál. Jill Sense to postřehnul a zeptal se na to.

„Ale nic," odpověděl Pavel a usmíval se dál. Nemohl povědět, že Jill Sense je další osoba z fotografie, kterou našel při setkání se Stanem. Byl to druh imaginárních přátelství. Pro Pavla lidé z fotografie byli jeho vlastní rodina. Ta fotka byla jeho osobní nadějí, něco, co ho drželo při životě, dávalo mu to řád, jeho život měl smysl. Ale tohle všechno Pavel nemohl říct. A přesto to byla jediná věc, která ty dva mohla ten večer sblížit.

Stáli v předsíňce, byla neuvěřitelně úzká, takže hrozilo reálné nebezpečí fyzického kontaktu. Jill Sense se díval na Pavla, ten si obul boty, vzal tašku na záda.

„Mám bolavé rty. Tak snad příště," pronesl Jill Sense.

„Samozřejmě." Pavel ho opatrně obejmul a byl si jistý, že se už neuvidí. Ještě dole na ulici si říkal, proč neměl Jill Sense odvahu, proč nemohl tu noc přespat, takhle zase bude kibicovat v nějakém nočním klubu, už ho to nebavilo.

6 BROUČEK

A tak stál zase před nějakými dveřmi, koukal na kliku, s nahledem za ni vzal a vstoupil dovnitř. Otevřel se před ním svět čiré pornografie. Ocitnul se v hale, z dálky se na něj usmívala mladá sekretářka, branži rozhodně nezapřela. Zeptala se ho na jméno, na účel návštěvy, nestoudně jezdila myší po klíně mladé dívky na podložce.

„Tak pane, co tu máme? Noční ostraha? Vy?" Zasmál se.

„No to jsou teda zkušenosti." Uchechtl se.

„Zapomeňte na své hrdinské zpěvy sličným pannám. Tady žádné panny nejsou." Ředitel se díval na Pavla a říkal si: Zase nějaký dítě.

„Já se nezdám," řekl Pavel.

„Mluvíte nějak potichu!" houknul na něj ředitel.

„Tak podívejte, co tu píšeme," zafuněl a hodil před Pavla starší, pomuchlaná čísla. Pavel si jen pomyslel, že mohl vybrat nějaký lepší vydání.

„Koukám, že psát umíte. Jen aby to bavilo naše čtenáře."

„To doufám taky," odpověděl Pavel tiše.

Seděl u počítače, koukal na stěnu, kde visel plakát současné pornohvězdy, zíral do jejího klína a měl něco napsat. Ležel před ním rozkres, témata, ale nic ho nenapadalo. Všechnu inspiraci mu brala tahle černoška s ještě černějším klínem.

Šel si uvařit čaj, zalévá sáček horkou vodou, slyší šramot. Otočí se, za přivřenými dveřmi stojí mladá dívka, ale docela nahá, má přes sebe přehozený jen průhledný závoj. V pětiminutové pauze na webkameře si šla uvařit čaj, nemohla ztrácet čas oblékáním. Pavel sklopil zrak.

„Já, omlouvám se."

„To nic," řekla velice tiše dívka.

„Potřeboval jsem si trochu odpočinout, nějak jsem to zaměstnání trochu neodhad."

„Zvyknete si." Dívka mu položila ruku na rameno.

Do malé kuchyňky vtrhnul šéfredaktor tvrdého porna. Dívka se skryla za Pavla.

„Seznamuješ se, co?" vycenil zuby šéfredaktor jiného periodika. Pavel se nijak zvlášť nezatvářil. Šéfredaktor si vzal hrnek, sjel si Pavla odshora dolů, pokřivil ústa a pak jen ucedil:

„Che."

„Nevím to jistě," pokračoval Pavel. Dívka ho zezadu pohladila a dala mu políbení na ucho. Pavel zavřel oči. Když se otočil, dívka tam už nebyla.

„Šéfredaktor pornočasopisu?" zeptal se ho manažer reklamní agentury.

„Ano," řekl Pavel a usmál se.

„A že jste odešel?"

„Políbila mě múza na ucho." Pavel si vzpomněl na dívku. Jak se asi jmenovala?

„Na ucho? Myslel jsem, že múza líbá na čelo."

„Já jsem si to také myslel," usmál se Pavel.

„Co děláte ve svém volném čase?" vyzvídal dál manažer.

„Hmm... skládám hudbu," pokrčil Pavel rameny.

„A když neskládáte hudbu?" naklonil se k němu manažer. Byl mladý, plný síly.

„Tak se jdu projít," odklonil se Pavel.

„To já se jdu vyřádit do posilovny," zkonstatoval muž.

„To já mám radši líbání těch múz." Manažer se zasmál.

Pavel to ráno vyběhl z kanceláře. Dostal přidělenou oblast, kterou vůbec neznal. Obcházel jednotlivé bloky, až se dostal k jakýmsi řadovým nízkopodlažním domkům. Řady byly od sebe odděleny zahrádkou, bylo krásné slunečné počasí, všechno vonělo, Pavel se cítil po dlouhé době dobře. Náhle si všimnul na lavičce mladé dívky. Pavel se k ní blížil odzadu, nemohla ho vidět a přesto:

„Nic neříkejte." Pavel si k ní přisednul. Měla zavřené oči a slunila se. Náhle jí na ruku přilétnul brouček. Podívala se na něj.

„Má barvu jako dolar," pronesla vážně a pak se zasmála.

„My se tak pro peníze snažíme a tenhle brouček je má celý život." Brouček odlét. Byla to dívka z kuchyňky. Co člověk neudělá pro peníze, leckdy víc než pro lásku. Zvednul se vítr. Z rozkvetlého stromu nad jejich hlavami se začaly snášet drobné kvítky. Pavel neváhal ani okamžik a přiklonil se k dívce, měla pootevřené rty. Jemně se dotkli špičkou jazyka, snad se ani rty neotřeli o sebe. Pavel jí položil ruce na drobný krk a pak pomalu vstali z lavičky a líbali se dál. Dívka se od něj odtáhla:

„Já..." Pavel se na ni díval. Ona skoro brečela.

„Já, nemohu!" Odvrátila se od něj a šla pryč. Pavel se za ní rozeběhl. Ona přidala do kroku, zabočila na druhou stranu zahrádky. Proti ní šel muž. Pavel zabočil také. Už chtěl na ni zavolat, když druhý muž pronesl:

„Lucy!" V tu chvíli ho jen napadlo, jak někdo tak krásné dívce, jako je ona, může říct Lucy. Teprve pak mu došlo vše ostatní.

„Noční ostraha, šéfredaktor pornočasopisu a obchodní zástupce?" usmál se provozní hotelu.

„To jsou teda zkušenosti, to Vám povím. Co vlastně chcete ve skutečnosti dělat?"

„Myslím, že to Vám povím docela přesně - zpívat." A hlavou mu ještě proběhla Gwyneth.

5 A-DAR-Z

Pavel se probudil. První, co viděl, byla noha uříznutá pod kolenem. Přechod mezi snem a bděním byl děsivý. Sestra právě omývala ránu. Pavel se obrátil ke stěně, byla modrá a děsivě jednotvárná. Všechno, co bylo kolem, ho nesmírně rozrušovalo, cítil se nesvůj, jeho pohyby byly cukavé, nedokázal se soustředit na jedinou věc, ať to byly léky nebo teploměr pod paží. Teď byl napíchnutý na kapačce, což ho dost omezovalo v pohybu. Ruka ho celá bolela, ale všechno líp snášel, když byl právě otočený ke stěně.

Za zády mu mrmlali staří dědkové něco o politice, o ženských, ale Pavel neměl nic, co by k tomu řekl. Jen útrpně ležel. Když nastupoval do nemocnice, byl s ním na pokoji pan Bushele. Ležel po diagonále od něj přes celou místnost.

„Pane Bushele, budeme Vám muset uříznout nohu tady nad kotníkem," oznámil mu lékař po dlouhých oklikách. Pan Bushele se na něj díval.

„Vemte to tady nad palcem," a ukazoval si na nohu. Seděl přitom a pohled na něj byl žalostný.

„Ale pane Bushele, nám jde o čas. Když Vám to vezmeme nad kotníkem, zachráníme Vám velkou část nohy," položil mu doktor ruku na rameno.

„Tady nad palcem to je ještě dobrý."

„A co vy, mladej? Jste svobodnej?" hulákal na něj Crompton. Pavel ležel na boku, měl zavřené oči a dělal, že spí. Když mu dali pokoj, otevřel oči a vyřinuly se mu z nich slzy.

„Hele, neotravuj mě. To bylo od Stana pěkně hnusný, že ti o mně vůbec něco říkal," vychrčel na Pavla Ned A-ler. Pavel se od Stana dozvěděl, že Ned A-ler nachází modely na ulici, a tak se mu zkrátka přichomýt do cesty, ne proto snad, že by se chtěl stát modelem, ale aby se s ním seznámil. V New Yorku nikoho neznal.

Pavlovi zachrastilo v hlavě, co se to děje. Taková agrese jenom proto, že pozdravil a představil se. Okamžitě si o Nedovi udělal obrázek a ujistil se, že příště opravdu dá na první dojem. Ned byl jediný, kdo mu nebyl na fotce sympatický. Tedy, ačkoliv působil sexy a přitažlivě, bylo na něm vidět, že nemůže mít rád lidi. Tedy, cizí lidi a lidi bez víc než velkých ambicí. Na chvíli Pavel zapochyboval o své důstojnosti, ale pak na to přišel. Největší Nedovou schopností bylo, že dokázal na druhé přenést pocit viny. Nakonec to vypadalo, že všechno způsobil Pavel, že to byla jeho chyba. Ale to bylo na Pavla moc.

„Hele Pavle, nevím, proč jsi kontaktoval Neda. Ale osobně mě požádal, ať se to už víckrát nestane."

Pavel seděl, díval se na Stana. Stalo se tak, jak předpokládal. Bohužel, v tu chvíli už nemohl jinak, než se začít vysmívat.

„A pak řekl: Dont care, take care. Ale jak je vidět, Stano, tak se mohl ustarat. Jeho starosti na moji hlavu." Jenže tímhle Pavel ztratil Stanovu důvěru. Výsměch za výsměch, mezi nimi náhle nebylo nic.

A taky brečel proto, že nemohl na tu hloupou narozeninovou oslavu. Stano slavil narozeniny, pořádal obrovskou party, určitě tam bylo spoustu zajímavých lidí. Ale o lidi mu nešlo,

šlo mu jen o Stana. Vždyť již kolik měsíců přemýšlel nad tím, jaký dárek mu koupí.

"Pavle, nemusíš mi dávat nic, vždyť to víš!" řekla mu Iva Lednejová. Seděli spolu na lavičce.

"Ale, já..." vzmohl se jen.

"Ano, ty jsi to nejdražší, co mi můžeš dát. Všechno ostatní má menší cenu."

"Není to jednoduché!" Pavel ji objal a plakal.

"Já vím, a o to víc si toho vážím. Mám ráda tebe, ne tvé dary."

Pavel si celou dobu myslel, že na tu oslavu dorazí. Kolikrát přemýšlel, jak přijde ke Stanovi a řekne:

"Všechno nejlepší." Ned podal ruku Stanovi. Zároveň mu předal balíček. Stano ho rozdělal, zajiskřila na něj lahev bourbonu.

Pavel se ocitnul v okázalé společnosti, ne snad tím, že by všichni byli dokonale upravení, ale tím, odkud pocházeli. Čech se mezi newyorskou smetánkou nemůže nikdy cítit jako doma, ať se povídá o New Yorku, co povídá.

"Všechno nejlepší, Stano," Pavel mu podal ruku a rozzářil se.

"Ahoj Pavle, díky," řekl Stano. Pavel

přelil z ruky do ruky přátelství. Ve svém životě dal nejdražší dar, který kdy měl, a to sebe. Nic nevzal tím, že něco dal.

Pavel se nehýbal. Stružky slz byly stále plné. Nikdy se nedozví, jestli by to dokázal nebo ne. Pan Bushele ležel na posteli, mlčel. Do pokoje vešla vizita. Pavel zůstal ležet a jen poslouchal.

„Pane Bushele, musíme Vám uříznout nohu pod kolenem." Pan Bushele se rozbrečel, Pavel trpěl s ním.

O několik dní později psal Pavel pohled:

Milý Honzo, i New York dokáže být krutý.
Pavel

4 WED

Pavel seděl v čekárně u psychiatra. Naproti němu jeden kluk, který sotva mluvil, a druhý schizofrenik. Přivezli je z nemocnice všechny sem. Pavel si tu připadal hloupě, není blázen. Díval se na toho opilého chlapce, právě vzal ze stolu magazín a otevřel ho. Okem loupl po obrázku:
„Zasnoubil bych se s Wednesday

Kennedy."

„A proč s ní?" zeptal se ho zřízenec.

„Wednesday, to je žena pro život."
A Pavel se usmál, byla to pravda, Wednesday
nosila zásnuby ve svém jménu. Náhle si tu
připadal víc jak doma. Najednou tu byl někdo,
kdo vnímá svět jako on. Otevřely se dveře
a zřízenec odvedl kluka dovnitř. Když se vracel,
pozval Pavla na cigaretu. Pavel, ačkoliv nekouřil,
šel s ním, aspoň si s někým popovídá.

„Našli ho doma, opustila ho holka, tak
spolykal prášky a hodně to zapil. Teď, když se
z toho jakž takž vyhrabal, tak ho poslali sem.
A co ty tady?" zeptal se ho zřízenec.

„Ale já. Je to se mnou trochu složitý.
Ačkoliv všichni vědí, co mi je, nedokáží mi
pomoct. Jsem zvědavej, kolikrát si ještě takhle
zajdu odpočinout do nemocnice." Zřízenec se jen
na něj podíval a Pavel pokračoval.

„Posttraumatická stresová porucha,"
Pavel se usmál.

„No, nevypadáš na ni," dělal si z něj
blázny zřízenec. Ale Pavel se smál s ním, bylo to
pro něj ulevující.

„Jenže, mě to tíží. A nemůžu si pomoct.
A hoří na tom můj celý život. Vždyť se na mě
podívejte pořádně," vyzval ho Pavel. Zřízenec
zvážněl. Díval se na Pavla. Proti světlu najednou

viděl podlomenou duši, povadlé tělo, vyhaslé oči, semknuté rty, lehce přilátanou kůži, drolící se vlasy, najednou se mu ukázal v pravém světle, a přitom, když mrkl, ten dojem byl pryč a zase před ním stál mladík plný energie. Zdálo se mu to, anebo přeci jen na chvíli zahlédnul pravý stav věci?

„Víte, tenkrát jsem se vracel domů se svým bratrem. Bylo už k ránu, rozednívalo se - měl jsem náhle pocit, že tohle letní ráno je jako jarní večer. Na jaře umírá hodně lidí, protože jsou po zimě zeslábli. Přepadlo mě to již na cestě. Začali zpívat ptáci, a já v těch stínech, připadal jsem si, že jdu na pohřeb, a přitom jsme se vraceli z bujaré noci. Bratr byl opilý, ale už začal střízlivět. Víte, dodnes si říkám, že to není spravedlivé. Proč můj bratr to tak lehce snáší, proč jenom já z toho mám takové problémy a nedovedu si to vysvětlit. A on, on měl to štěstí, že byl opilý a měl kocovinu, prd si pamatoval. Kdybych snad to ráno šel rovnou chrnět a počkal si, až mi to někdo řekne.“

„Hele, je votevřená garáž!“ vyžblebtl na Pavla bratr.

„Já ji dojdu zavřít, jdi napřed,“ řekl mu Pavel a šel k vratům. Brácha ho asi nevnímal a vydal se po chvíli za ním. Pavel se blížil k vratům. Něco se mu nezdálo. Viděl jen tmavou škvíru, vtahovala ho dovnitř. Měl pocit, že mu dřevění nohy, šel dál, ale o poznání tíž. Uvědomil si, že je něco v nepořádku s klikou. Byla smáčknutá. Někdo stál za nimi. Někdo tam musí být a drží ji. Pavel se otočil a ukázal na bratra, ať je potichu. Blížil se ke garáži, škvíra se černala a zneklidňovala. Pavel pomalu natáhl ruku, chystal se prudce otevřít vrata a vykřiknout: Co tu děláte! Ale prudce otevřel dveře a vysypal se na něj ze vrat jeho otec. Měl vyhřezlé oči. Lano měl uvázané kolem krku a visel na klice.

Pavel mlčel. Zřízenec se na něj díval, nevěděl, co má říct.

„Na ten pohled nikdy nezapomenu. Nikdy nezapomenu na to, že mě můj vlastní táta prosil, abych s ním šel domů. A já nešel. Já si celou dobu myslel, že je v pohodě. Do smrti to matce budu zazlívat, že ho opustila. On se s tím nikdy nevyrovnal. Dva roky. Dva roky po tom se to stalo."

„Jak víte, že to bylo kvůli tomu."

„Táta se cítil najednou tak sám."

„Zadržte ho, zadržte ho!" ozvalo se tlumeně někde nad nimi a pak se rozrazilo okno a s obrovským řevem z něj vyskočil opilý kluk. Rozbil se o sanitu a dopadl na zem. Byl na místě mrtvý.

Pavel byl v šoku, díval se na kluka, co

před chvílí seděl s ním v čekárně a snil
o Wednesday. Kolem jeho bot se prodrala říčka
krve, rozrážela se o jeho špicku.

„Musíte se obklopovat správnými lidmi,"
řekl psychiatr. A Pavel věděl, že ani tenhle mu
nemůže pomoci.
„Jsou přeci věci, které člověk nemůže
ovlivnit!" vykřikl na něj Pavel.
„Ale prosím Vás, musíte se obklopovat
těmi správnými lidmi," vysmál se mu psychiatr.
Pavel vystřelil jako šipka a udeřil psychiatra pěstí
do obličeje. Ten se svalil na zem, z pusy mu
crčela krev, zřejmě vyražený zub.

3 HYDRARGYRUM

Stano otevřel dveře bytu, vešel dovnitř
a pobídl taky Pavla. Ten tedy vstoupil,
ale neznalý prostředí, otřel se o bambusovou
zástěnu a zády vyklínil jednu fotografii. Stano
zmizel v kuchyni. Pavel se oddálil od zástěny
a fotografie s šustotem spadla na zem. Pavel se
pro ní shýbl. Aniž by se na ni pořádně podíval,
snažil se ji zastrčit zpátky, ale bez úspěchu, a tak
si ji strčil do kapsy u kabátu. Pavel si prohlížel
byt, všude nepořádek, neumyté nádobí, nějak mu
to ke Stanovi nesedělo. Stano se pousmál a řekl:
„To je byt Vojty, mýho kámoše. Občas tu

přespím."

Stano spal na posteli, zachumlaný pod peřinou. A ještě před chvílí se trápil tím, že by šel spát. Pavel ho sledoval. I ve spánku mu přišel soustředěný, jako kdyby poslouchal, co řekne, jenže spal. Připadalo mu, že právě zemřel. V jeho spánku byla smrt a věčnost. Byl ztělesněním toho, co již dávno pominulo. Také, když spal, byl mnohem přívětivější, jestli se dá o někom říct, že je přívětivý, když spí. Nebo to byl spíš soucit? V jeho tváři, ačkoliv by Pavel přísahal, že Stano nehnul ani brvou, vysvitla jeho radost, prostořeká upřímnost, pýcha na to, co dokázal. Západ v jeho tváři byl ve znamení škádlivé melancholie, rychlosti, ale zvítězila lenivá energie a půvab. Náhle se probudil se záhadnou pronikavostí:

„Proč se na mě tak díváš?" Ale nebylo to bezohledné. Pavel se usmál a nic na to neodpověděl.

Byli na pláži. Stano se díval na Pavla skrz hledáček a zatímco vykresloval do negativu jeho portrét, Pavel přemýšlel nad tím, proč ho Stano tak přitahuje. Čím to je, že když je v jeho společnosti, je tak bezbranný. Pod jazykem náhle cítil rtuť. Ano, rtuť také tvoří obrazy. A náhle mu to bylo jasné. Nedalo se to vyjádřit slovy, ti, kdo ho milují, chápou ho v obrazech. Stano hodil klacek do moře a jeho pes Jonáš pro něj skočil do vln. Byl příliv a Pavel to cítil ve svých žilách. Když byl se Stanem, cítil se neskonale šťastný. Ačkoliv seděli na pláži a každé jejich slovo přehlušila vlna, připadal si, jako by ho poslouchal celý svět. Jenže, všechno se to stalo v okamžik jediné vlny. Rázem tu bylo všechno a rázem tu nebylo nic. Stano dokázal existovat bez Pavla, ale Pavel bez Stana ne. Jednu chvíli z něj romantika jenom dýchala, vzápětí však byla ta tam.

"Možná jsi ke mně až příliš kritický, nemyslíš?" bránil se Pavel. Měl již dost jeho palčivých odsudků. Možná to nebyly odsudky, spíš jízlivost. Stano mlčel. Náhle měl plnou ruku vyhýbavých odpovědí. Pavel měl pocit, že ať řekne co řekne, na všechno dostane odpověď: Nevím.

"Když tak vidíš do mého života, jestli máš pořádek taky ve svým. Mě tu poučuješ, jak mám žít, ale tvůj život sám o sobě stojí taky za prd," řekl Pavel podrážděně.

"No to teda nevím." Tahle odpověď Pavla vyprovokovala k dalšímu slovnímu útoku, ale vypustil ze sebe jen:

"Víš, jak to myslím!"

"Nevím." Ale věděl moc dobře.

Jestli Pavlovi z toho setkání něco zůstalo,

pak to byla omamující vůně jeho parfému,
angorský svetr, do něhož se choulil, to, jak
zvláštně chodil, tvář plná emocí jako je barev
oceánu a pak Stano sám o sobě.

Pavel seděl v metru. Odjížděl pryč se
Stanem za zády. Díval se do odrazu ve skle, cítil
se dobře, usmíval se. Muž z protější sedačky se
z toho musel usmát taky. K Pavlovi přistoupil
revizor a požádal ho o předložení jízdenky. Pavel
se usmál a sáhl do kapsy a vytáhl peněženku
a ještě fotku. Zatímco revizor kontroloval
jízdenku, Pavel studoval fotku. Byl na ní Stano,
dvě dívky, nějaký muž a ještě - Jill Sense. Pavel
dostal zpátky jízdenku. Jak Stano zná Jilla,
nevěděl. Jisté bylo, že ani on sám Jilla Sense
neviděl. Znal ho jen přes internet, občas si spolu
vyměnili zprávu, o důvod víc, proč se s ním
setkat.

Stano byl Pavlovou budoucností, ačkoliv
se to ani jeden z nich nikdy nedozvěděl.

2 MAGNUM

Pavel šel Central Parkem, jistý v kroku,
jeden za druhým, míjel lidi, nevšímal si jich.
Přesto se mu do bubínků prořezávaly jednotlivé
věty jako střípky. Pomalu se prořízly dovnitř

a rozpustily se v závitech. Myslel na to, že myslí, potřebuje myslet na sebe, koncentrovat se na sebe a své prožitky. Tedy, v tuto chvíli ho maximálně zaměstnával jeho dech. Slyšel ho zevnitř, jako by měl zalehlé uši, nicméně občas, právě díky střípkům, se tlak s okolím vyrovnával. Jeho krok byl příliš jistý, že mohl leckoho vyděsit. Šel jako blázen rovnou za nosem, díval se nahoru, sledoval špičky budov. Tedy, když do někoho narazil, nebylo to vzdorovité, ale dětinské. Jako dítě se ani neomluvil, jak by mohl, nevnímal. Ani na okamžik se neprobudil.

Obraz města byl pro něj až příliš ostrý, byl mimo z toho, jak se probíhající okamžik projasnil, bylo to, jako kdyby si po dlouhé době nasadil dioptrické brýle. Závrať z reality, bylo po bouřce, svítilo slunce, z mraků se ještě sypal déšť tak lehce, a Pavel najednou uviděl duhu. Úplně neznatelnou, mezi stromy, duha pastelových barev, něco, co by v tomto momentě neočekával. Ta duha, úplně protikladně vůči jeho vlastnímu prožitku. Pavel se zastavil.

„Jeffe, kam jdeš?"

„Že tě to v tuhle chvíli vůbec zajímá? Zajímalo tě to někdy?"

„Kdy se vrátíš?"

„Jdu do Siné." Mary Guibert zůstala stát. Viděla, jak její syn odchází, jeho záda jí zmizela z dohledu. Náhle se objevil z toho směru Pavel. Mary, kterou před malou chvílí uklidnilo ujištění, že Jeff odchází do Siné, náhle znejistěla. V jejích očích zůstal jen nezměrný strach a za chvíli se naplnily zoufalstvím. Smrt syna jako předobraz skutečnosti, rozbrečela se, zakryla si obličej rukama.

Pavel sešel z cesty, chytil se stromu a pomalu se svezl k jeho kořenům. Přepadla ho náhlá bolest, stál uprostřed New Yorku, jen jako člověk, bytost sama o sobě - nic víc. Nedokázal unést váhu své vlastní zodpovědnosti. Začal se dávit, jeho mělký dech nestačil zásobovat tělo vůlí k životu. Rukama se opíral o kořeny stromu, byl na kolenou, zcela jedno, jestli si umaže kalhoty, bezpředmětné to, jestli ho někdo vidí, nedůležité cokoliv ostatního. Právě umíral.

„Nech toho!" uštědrila si výtku Mary. Byl to přízrak, co viděla? Proč se jí zmocnilo neblahé tušení a zapochybovala o životě vlastního syna? Proč je pro matku tak těžké přežít vlastní dítě? Podívala se na hodinky.

„Pro koho se zastavil čas?"

Pavel náhle viděl neostře, celý se třásl a z posledních sil se držel kořenů. Říkal si:

„Beru vám sílu, seschněte, vy tvrdé kořeny! Zpráchnivějte, můj čas ještě nenadešel,

to váš ano!" Náhle, jako by ho někdo kopl
do břicha, zvedl se do vzduchu, ale ruce stále
přikované ke kořenům. Z jeho útrob se vyřinul
proud průzračné čisté vody. Voda z něj tryskala,
třpytila se zlatě v jasu slunečného dne. A jeho
zrak, do toho místa. A kolem spousta lidí, kteří
jen sedí a piknikují, zem se otřásla, slyšel zvuk
projíždějícího metra. Nebe se náhle zatáhlo
ocelovými mraky, začaly pršet kovové šupiny.
A znovu, Pavel se nadnesl do vzduchu, vyzvracel
se, díval se do krvavých skvrn – tentokrát to byla
krev.

      „Já jsem Filip Venclík." Všude bylo
extrémní světlo. Usmíval se na něj kluk:
      „Ty jsi kdo?" zeptal se ho Filip.
      „Já? Já jsem...," Pavel nenašel odpověď.
Filip Venclík se začal smát, zuby měl od krve.

      A pak, jedním kopnutím do hlavy,
Pavlovo tělo uvadlo - na místě a bez života.
Přestal dýchat. Byl jeho život opravdu spojen
s osudem Jeffa Buckleyho? Koho v ten moment
viděl naposledy? Hlavou mu projel nůž agresivní
hudby, dva páry mladistvých očí, dvoje usměvavé
rty. Jedny mrtvé a druhé živé.
      Lilo jako z konve, v parku nikdo nebyl.
Pod stromem ležel Pavel, bez dechu, jako mrtvý.
Jen trochu zahýbal prsty, když k němu přiběhl

pes.

„Jonáši!" ozvalo se z dálky. A pes zaštěkal, tady život neskončil.

1 FONTÁNA

Pod jedním z mnoha klenutých můstků stál Pavel a tiše naslouchal. Tiše proto, že ho to zbavilo slov, ne snad, že by neměl co říct. Najednou byly všechny společné touhy pryč. Najednou tu nestál vynikající zpěvák, najednou tu nebyl žádný opravdový umělec a vyhlídka na společný život. Milovat v tu chvíli bylo málo.

Stáli s Ann naproti sobě. Pavel se v mysli dožadoval odpovědí, ale nedostával žádnou. Společná cesta do New Yorku byla jejich smuteční, ne svatební. Náhle se ukázalo, že žít svůj vlastní život je důležitější, než se obětovat pro druhého. Proč sám sebe zavírat do klece?

„Já jsem si uvědomila, že nejsi můj bratr. Nezlob se. Nevím proč, ale - z nějakého malicherného důvodu jsem ho v tobě náhle viděla. V tvých gestech, v tom jak mluvíš. A konec konců, i v tom, jak zpíváš." Ann Venclík mířila zcela jasně do srdce. Proč Pavlův život nebyl jeho vlastní? Bylo jeho tělo prázdné, snad aby pojímalo lidské osudy? Byl naplněn svou duší, anebo to nebylo pro svět podstatné?

„Z mé strany to nebyla láska, ani

nemohla být, jen jsem se hloupě domnívala, že to láska je! Ty nejsi Filip! Ty nejsi můj bratr!" Jako requiem bloudila kolem křehkých slov. Pavel si byl jistý, že již nikdy nenalezne klid, protože ji slyšel dobře, a ačkoliv nechtěl znát víc, naslouchal dál:

> *Mrzne mi na ruce*
> *Mrzne i tobě*
> *Až všechno přebolí*
> *Už budem v hrobě*
> *Slova jsou vyřčena*
> *Nenašla spásu*
> *Už se nepovede*
> *Uniknout času*

Tohle byl poslední den jejich známosti a v něm vše - od sladkého pokušení, bezelstných snů, smíchu a zoufalého pláče sestry za smrt svého bratra, po nedefinovatelný zločin, který byl spáchán osudem na Pavlovi. Žil za životy jiných lidí, za neznámé vojáky, za předčasně ukončené životy, které nepoznaly strach. Všechen ten strach se ukládal v něm, ale komu na tom záleželo. A vlastně, věděl o tom vůbec někdo? Věděl o tom Pavel? Tedy dopředu!

Za modrým oparem
dál půjdem denní tmou
padáme padáme
klesáme v kolenou

Ann se Pavlovi rozplynula přímo před očima. Odešla a nechala ho napospas jeho osudu. V jejím rozhodnutí bylo objevování svého života, zanechala za sebou stín minulosti.

A Pavel? Kde je on? Slyšel vzdalující se kroky: Tip tap, tip tap, tip tip. **Tip**.

Fontána nabízela krásný pohled, z hadí hlavy stříkal pramen průzračné vody, blýskal se k radosti, k zármutku, ke strachu, k milosti a soucitu. Pavel se k němu naklonil a svlažil zbědované rty. Tady není žádná povinnost.

***

ČÁST TŘETÍ
PŘÍZRAKY V UMAGU

Psal se rok 2007 a v pravé poledne
u pobřeží Umagu zakotvil Benátský princ. Ptáci
ještě dosedávali na kamennou zídku, když po
schodech sestupoval Stano s kšiltovkou
naraženou do čela. Po nábřeží projížděla auta,
přes cestu pobíhalo pár turistů s kufry, ale co!
Tady v Umagu to přeci není žádný problém.
Život se nezastaví pro jednoho turistu! A Stano
v poklidu sešel až k silnici, rozhlédnul se a natáhl
svěží bura do svých nozder. Přivítal se tak
s městem, které důvěrně znal. Pokračoval dál
přístavem, měl to kousek cesty, nikdo pro něj
nepřišel. Nezpravil nikoho o svém příjezdu.
Vzbuzovalo to v něm jistou dávku neklidu,
ale s každou vlnou, která omyla pobřeží, neklid
mizel.

Měl padnoucí džísku, lehká kapuce trika
vlála ve větru, mikinu hozenou volně přes ruku
a kšiltovku do čela, procestovala s ním pěkný kus
světa a zajišťovala mu příjemný pocit. Kočičí
dům stojí, pomyslel si. Má ještě obvodové zdi,
střechu a okenice. Při pohledu na moře se
zastavil. Chytil si rukou kšiltovku, zdálo se,
že mu ji vítr strhne z hlavy. Na reklamním válci
vlál kus plakátu, Lili má koncert v Novigradu.
Stano se vydal dál. Umag se nezadržitelně ukládá
k zimnímu spánku. Jako by nic mezi tím létem
a zimou nebylo. Posledních pár turistů rozhodně
nemění zvyklosti tohoto města. Sezóna je

u konce. Stano delší dobu touží po klidu. Je tu
správně.

Gloria nevěřila svým vlastním očím,
rukou si stínila proti ostrému světlu. Ano, je to
on! Dlouho Stana neviděla. Stála před Vilou
Prepotentan. Celestýna nebyla dlouho tak
radostná. Gloria shledala, že jí z očí vyšlehly
jiskry radosti, neviděla je v nich velmi dlouho.
Objímala Stana a nahlas se smála.

Se soumrakem se ochladilo a Stano
zavřel okno svého pokoje. Ještě chvíli vyhlížel
na moře, ale pak šel spát. Auto přijíždějící k Vile
Prepotentan skrz záclony vyčarovalo stíny
na zdech. Stano už byl myslí tady. Auto zastavilo
před domem, vystoupila z něj starší žena,
za všech okolností upravená. Ruth je doma.

Ráno se dole v kuchyni dohadovala
Celestýna s Ruth o úpravách, které je nutné
udělat na Vile Prepotentan. Celestýna si mlela
svou, Gloria seděla v rohu a dojídala snídani.
Stano se na ni od dveří podíval, ta zakroutila
očima a odložila prázdný talíř do dřezu. Stano
otevřel lednici a vyndal džus. Ruth po něm šlehla
očima.
        „Dobré ráno,“ řekla příkře, jako by se
s ním přivítala.
        „Ale prosím tě, to je pořád dokola.

Jak chce Celestýna podnikat, když nemá ráda lidi?" Gloria si upravovala nehty.

„A co jako dělá?" zeptal se jí.

„Leze hostům do apartmánu, vytáhne jim televizi ze zásuvky." Stano se zasmál.

„Mně už to k smíchu ani nepřijde." Gloria pokračovala lakováním nehtů na noze.

„A co žes dorazil?" Nechtěla se rozčilovat.

Na náměstí Trg Slobode stavěli pódium, pro letošek asi naposledy. Umago Blues už sice bylo, ale Gloria měla pro jednou zase pravdu, pomyslel si. Zdá se, že Lili nepřijede do Chorvatska sama. Ethan O´Toole v Umagu. Stano chvíli stál a pozoroval racky.

Do pozdního odpoledne se nepohnul z místa, teď hlídal opřené kolo. Val si totiž zaběhl do trafiky na náměstí koupit tabák, aby si mohl ubalit cigaretu.

„Dáš si, bratránku?" nabídl mu. Stano zakroutil hlavou. Proč se s ním Val chtěl vůbec sejít. Jenom proto, aby mu řekl, že jediné, co mu schází k životu, je – žena? Valerian má za sebou jedno manželství v Itálii. Vítr trhal plakát z reklamního válce, snad aby Stano nezapomněl, proč tu v Umagu také je.

Když se vracel do Vily Prepotentan,

stmívalo se. Celestýna seděla ve svém přijímacím pokoji, na stole jí svítila lampička, v ruce držela mikrofon a tiše do něj povídala, co se jí dnes vše přihodilo. Stano ji chvíli pozoroval, ale pak už vyběhl schody do domu.

Vylezl oknem na střechu, aby si provětral hlavu. Vítr od moře vždycky osvěží. Chvilku pozoroval Valeriana oknem, jak si hraje na notebooku biliár, a teprve pak si všimnul, že v koutku střechy sedí na bobku Gloria a kouří cigaretu. Chvíli ještě bloumal po střeše, ale pak zalezl taky. Nebylo mu dobře.

„Je snídaně!!!" Celestýna stála pod točitými schody a čekala na odpověď. Stano se unaveně zvednul v posteli.
„Už jdu!" zavolal nazpět, a to Celestýnu uklidnilo. Po několika minutách se Stano došoural do kuchyně. Celestýna měla již vše nachystané, všichni seděli za stolem a snídali.
„Je to tak jednoduché, nemít děti," prohodila jízlivě Celestýna na Stanovu adresu. Stana to poněkud zarazilo, popřál všem dobrou chuť a odešel do společenské místnosti. Položil hrnek na stolek u gauče a přikryl se dekou, co ležela složená opodál na křesle. Usrknul kakaa a zakousnul croissant. Na stěně visel obraz, který Stano neznal. Nebýval tu dřív. Muž, téměř jako anděl, leží na pohovce nahý.

„Je tu od doby, co si to tady na sezónu pronajala ta Češka. Klidně si tu zemřela," řekla Gloria, když vstoupila do pokoje. Stano se díval dál na obraz.

Stano stál v soláriu zavěšený za ruce, stále byl oproti ostatním bledý, brýle na očích a najednou se rozplakal. Zachytil ten skřehotavý pláč v ústech, nechtěl nic prozradit o tom, že nikdy nebude mít děti. Komu je co do toho.

Když radil architektovi, jak umístit panely, na které se budou instalovat jeho fotografie, všimnul si, že opodál si na schodech hraje s dětmi Korejec. Je to možné? Hyun Wook Park v Umagu? Nevěřil.

„Parku?" volal na něj Stano již z dálky. Muž ho ale neslyšel, v poklidu hrál s dětmi a fotil se s nimi.

„Parku, jsi to ty?" Muž se otočil a podíval se na Stana.

„Stano Murin a v Umagu?! Jaké překvapení!" Myslel si, že Stano cestuje po světě. Hyun Wook Park se usmál a zapálil si cigaretu. Hyun Wook Park kouřil červená Marlbora, a ne málo. Za chvilku se popelníček na stole začal plnit. Jedna káva stíhala druhou, Stano stále vypravoval, co zažil na cestách, a Park poslouchal. K večeru pak vyprovodil Stana k Vile Prepotentan, kde se také rozloučili. Od vily bylo slyšet hlasité povídání, smích a rádio, které bylo jistě Celestýny, protože neskutečně chrastilo. Všichni seděli v altánku: Celestýna, Ruth bez manžela – bože, co se s ním natrápila, pořád pil a málo pracoval, a samozřejmě Gloria.

„Kde je Val?"

Gloria pokrčila rameny. „Kdes byl?"

„Připravovali jsme tu výstavu."

„Hm?" Podívala se na něj tázavě

„Nějaký starší fotky, co mám z cest."

„Aha." Nandala Stanovi salát.

Stano se náhle probudil. Něco ho vyrušilo. Otevřel okno a vylezl na střechu.

„Co tu děláš?" divil se Stano. Na kraji střechy seděl Park, díval se na moře a zapálil si cigaretu. Stano si přisedl a díval se na moře s ním. Mořská panna vykreslená na omítce Vily Prepotentan vypadala ve tmě lépe než za dne. Stano zavřel okno a posadil se na postel. Bolela ho hlava. Někdo ťukal na okno, zvednul se, otevřel ho, ale nikdo na střeše nebyl. Když zatáhnul záclonku, znovu někdo na okno zaťukal. Stano se otočil. Do okna narazil racek a prorazil sklo. Za chvíli se do pokoje vsypalo několik racků, mlátili ho křídly do obličeje, div ho nesrazili k zemi.

Po chvilce vše ustalo. Stano se zklidnil,

opřel se o zeď a kapesníkem se otřel za krkem,
celý se zpotil. Okno bylo zavřené, záclona
zatažená. Měsíc v poklidu svítil a vzorky záclony
se otiskovaly Stanovi na tvář.

Stana probudilo dopolední slunce. Ležel
na gauči ve společenské místnosti, přikrytý
dekou, vytáhnul si ji až pod nos, očima sledoval
obraz na stěně. Nebýt Celestýny, ještě by dále
ležel. Jenže ta si vedla svou: Přála by si taky
proležet celý den.
        „Běž, běž, musím tu setřít prach,"
vyhnala Stana z pohovky.
        „To jsou ti světoběžníci, nejsou zvyklí na
žádný řád a poflakují se celé dny," vedla si pro
sebe.

Kočičí dům skýtal příjemný chlad během
poledne, kdy dopadalo na pobřeží ostré slunce.
Stano se prosmýkl dveřmi a vydal se
po rozpadlých schodech do druhého patra. Ještě
před chvílí seděl s Hyun Wook Parkem v kavárně
a vedli spolu rozhovor. Jak lpí na životě,
pomyslel si Stano. V rohu místnosti zahlédl Stano
červené autíčko, oprýskané, s ulomeným
kolečkem. Náhle se mu vybavilo, jak tu kdysi
stál.
        „Na, tady máš," usmála se Jagoda
a podala malému Stanovi dvacet kuna. Staník
popadl penízky, rychle seběhl schody a utíkal

směrem do centra. Ještě téhož večera si zajezdil
na autodromu a z pouti si přinesl i malé červené
autíčko, jezdil s ním po mramorových dlaždicích
v hale Kočičího domu.

Kolem deváté hodiny Stano přeběhl
silnici v ulici Trgovačka, než projelo auto, a vešel
do kavárny Feliz. Za stolem seděl Hyun Wook
Park a čekal na něj, četl si zatím noviny.

Během nočních hodin Stano procházel
zálivem, rozprostíral se duchem už v celém
městě. Svými kroky stíral stíny, zanechával
za sebou už jen čistou tmu. Kočičí dům vypadal
ve tmě mnohem lépe než za dne. Ještě mu
zbývala jakási důstojnost, ale ranní slunce ho o tu
důstojnost každý den připravovalo. Snad proto
směřovaly další Stanovy kroky do Murinské
ulice.

Silnice zela prázdnotou, sezóna pro
Grožnjan skončila. Řetěz přes silnici mohl zůstat
klidně spuštěný, teď už nehrozilo větší nebezpečí,
že by někdo zajel do centra a parkoval
na nepříhodných místech. Stano zabouchnul kufr
auta, půjčila mu ho Gloria. Bylo to od ní víc než
milé vzhledem k tomu, že musela do města sama
autobusem. Ale třeba ji odvezla Ruth. Byla to
příjemná ranní projížďka. Teď už Stano procházel
kolem kostela svatého Víta a Modesta, s klíči

v ruce a batohem přes rameno. Zanedlouho seděl před domem u kamenného stolu, popíjel čaj.
Na stole ležel jeho foťák. Tu a tam ještě prošel nějaký turista. Ale tohle není turista. To přichází Dragan!

„Stano?" Nebyl si jistý, neviděl Stana pěkných pár let.

„Dragane!" usmál se na něj Stano.

„Posaď se!" Dragan přikývl.

„Počkej, dojdu pro něco na uvítanou." Stano zmizel v domě a za chvíli vyšel s rakijí v ruce.

„No, něco tu po babičce přeci jen zůstalo," zasmál se.

„Dvanáct roků?" podivoval se Dragan.

„Jojo. Hrůza, co?" odmlčel se Stano.

„Na zdraví!" přiťukli si.

„Když jsem dodělal školu v Benátkách, odjel jsem do Čech, a pak jsem dostal práci v New Yorku." Dragan ho poslouchal.

„Fotil jsem spoustu slavnejch, pak jsem na nějaký čas odcestoval do Holandska, a pak zase dál… Navštívil jsem hodně zajímavejch míst, co bych jinak měl z těch peněz. Mám teď výstavu v Umagu, přijď se podívat, jestli chceš. Pár fotek z orientu."

„Rád, rád přijdu."

„A co ty, Dragane? Co Grožnjan?"

„Ale, tady se nic nezměnilo, tady je to pořád stejné. Jen zemřelo pár lidí a pár se přistěhovalo. Zvonko zemřel, ten byl v tvým věku."

„Zvonko?"

„Jojo, před třemi roky."

„Bože." Vydechl Stano a zmlknul. Dal si prsty na rty, jako by v nich něco uzamknul. Napil se rakije. Tím jejich setkání skončilo. O málo chvil později Stano klečel na hřbitově u Zvonkova hrobu a plakal.

V noci nemohl spát, probudil se kolem třetí, a pak už jen ležel na posteli a převaloval se. Očima sledoval obrázky na stěnách, všichni teď na nich vypadali jako duchové. Na stole leželo rodinné album, na okně svazek levandule, světlo z ulice osvětlovalo pokoj. Stano vstal a zavřel okenice.

„Nebouchej tak dveřmi!" volala Slavica na Stana od rozdělaného oběda.

„Víš co? Zajdi za dědou do dílny, že je oběd hotovej."

„Už letím." Nemeškal a vydal se do dílny za dědou, dveře se za ním s hlukem zabouchly a Slavica si povzdechla. Staník proběhl přes dvorek, těšil se, až zase uvidí dědu pracovat. Zrovna máčel výlisky do kyseliny.

„Stano, pomoz mi," řekl děda Vedran.

„Odrbej tady ty výlisky. Nasyp si trochu písku, tak, ty jsi šikovnej, už to umíš." Stano lehce drbal výlisky o světlý písek.

„Dědo, můžu jít odpoledne s kluky pouštět draky?"

„Ale nejdřív musíš něco málo prodat."

„Tak jo. Sednu si na Paladin."

„Hodnej."

„Máme jít k obědu, dědo. Babička vzkazuje."

„Tak pojď, jdeme, doděláme to zítra." A oba odešli za Slavicou do domu.

Stano opravdu to odpoledne proseděl na Paladinu a teprve k večeru zaběhl pod městečko na svah za kluky pouštět draky. Volal na ně už z dálky a sledoval, jak se jim daří draky vyhnat pěkně vysoko. Za chvíli už vypustil svého draka nad městečko. K večeru si dali závod, kdo bude dřív u kostela. Stano vběhl do uliček a za chvilku byl už tam. Běžel do schodů, chtěl být na zvonici co nejdřív. Kluci mu byli v patách. Na ochoz vyběhli téměř souběžně, vyplašili holuby hlasitým halekáním. Holubi se vznesli nad město a letěli vstříc zapadajícímu slunci. Chlapci jim mávali rukama na rozloučenou.

Dvoje ruce se potkaly. Drsná kůže Zvonkových rukou se dotýkala boků Stana. Jemné ruce Stana ho hladily po tváři. Stáli pod kamenným obloukem, aby na ně nepršelo. Na Grožnjan se snášel hustý déšť. Mraky, které

zatáhly celé nebe, poskytly přítmí milencům.
Zvonko šeptal Stanovi do ucha. Stano ho objal,
stejně jako ho objímal v zahradě pod hradbami,
potají, aby to nikdo nevěděl. Jejich první polibek
byl tady. Po večerech pak, uvnitř kovárny, kde
Zvonko bydlel, leželi na gauči v objetí, skrytí
před zraky městečka. Jen lampička na stole
svítila, svítila a věděla.

Stano se probudil. Ležel na boku. Díval
se před sebe. Chvíli mu trvalo, než si uvědomil,
kde je. Přetočil se na záda a prodýchal se do
nového dne. Ještě než odjel, zastavil se
v obchůdku u kostela. Na stěně domu zvonil
telefon. Zvednul ho.
„Halo?" Nikdo se neozval. Zašel do
obchodu, a když se vracel, telefon zvonil znovu.
„Ano?" Ale telefon byl hluchý. Minulost
už tady nemá co vyjevit. Na kamenné cestě se
válel pes.

Gloria stála zamyšlená a bezděčně kopala
nohou do země, ruce založené na prsou, přes
rameno měla jen malou kabelku. Stano se díval
do dálky na moře, sledoval, zda se už objeví
Princ Benátský. Nečekali sami, na nábřeží bylo
již víc lidí, a co nevidět všichni opustí břehy
Umagu, aby se na den či dva ponořili do
spletitých uliček Benátek – nebo snad proto,
aby zmizeli z dohledu všudypřítomných známých

– na chvíli se trhnout z toho známého prostředí není od věci.

„Už jede," řekl tiše Stano a Gloria se poprvé zadívala na moře.

Když procházeli pasovou kontrolou, Gloria zahlédla na palubě Franca.

„Je to možný? Stále ještě jezdí?"

„Hm, no zdá se, že jo." Stana to nepřekvapilo. Proto také utekl za focením. Děsila ho představa, že by strávil celý život v ulicích Umagu. Nelákala ho ani představa, že by jako Franco jezdil kolik let s lodní společností a bavil na palubě podnapilé turisty, nebo je snad dokonce fotil za pár babek.

„Myslíš, že je letos bude taky bavit historkami o tom, kdo spadnul do kanálu v Benátkách?"

„Těžko říct," odvětil Stano. Spíš spadne z lodi sám a utopí se, pomyslel si.

Stáli u zábradlí na dolní palubě a sledovali trysky vody, které se hnaly jako na rozloučenou za lodí, Umag se jim vzdaloval z dohledu, až byl zcela pryč. Z nitra lodi se ozývalo burácení smíchu amerických i evropských turistů, které Franco pobavil obzvlášť vydařeným vtípkem.

Stano se otočil a u dveří do sálů, ve výši své hlavy, odtrhnul drát z aparatury. Na palubě,

byť voda neustále tryskala za lodí, se udělalo
ticho – snesitelné ticho vířící vody, motorů lodi –
bez nafoukaně znějícího Franca.

Gloria si nasadila brýle na oči a přivřela
si svetr, přeci jen podzimní dny nejsou nic pro ni.
Stano se opřel zády o zábradlí, když tu náhle na
horní palubě zahlédnul Hyun Wook Parka. Když
se nahnul, aby na něj lépe viděl, Park někam
zmizel.

Bylo po dešti. V přístavišti byly všude
kaluže a Gloria skákala z kamene na kámen, aby
si nenamočila nohy. Představovala si to nějak
jinak, byla hloupá, že si nevzala s sebou víc než
tu mrňavou kabelku a svetřík. Jako by jela
do Benátek poprvé. Snad bude mít něco v domě
Eny a Romea.

„Pospěš si. Nebo nám je turisti všechny
rozeberou,“ zavolala Gloria na Stana, lelkoval
u lodi a pozoroval racky. Gloria se jako vždy
strachovala, že se nedostane tam, kam chce, včas.
Vždy bylo něco – důležitějšího, přednějšího – než
ona sama. A nehodlala kvůli turistům čekat na
člun ani o minutu víc.

Zanedlouho přesedli na gondolu, která je
měla zavézt až domů. Gloria si sice sedla,
ale cítila vlhkost všude, těšila se, až bude
na schodech k domu, ale zatím se choulila
do svetýrku. Stano se rozhlížel po domech – no

ano, nebyl tu dlouho, pomyslela si Gloria, tak ať
se rozhlíží – po všech těch letech – jak může
vzpomínat. Ale Stano nevzpomínal, aby se trápil.
Najednou viděl v klukovi, co čáral křídou po
stěně, sám sebe – no ano, byla to stará dobrá
škola, kam v dětství chodil.

„Buona giornata!" Gloria se usmála
a zamávala nazpět ženě do protějšího okna.
„Arianna tu stále ještě bydlí!" zvolala
Gloria na Stana, který kdesi v přízemí rovnal
boty do botníku. Zvláštní, pomyslel si, tolik let tu
nikdo nebyl, ale zvyky – jako by nezmizely.
Pamatuje si, jak tu jako malý rovnal boty stejně
tak. Kolik je to let? Dvacet osm? Bože můj,
pomyslel si, to jsem zestárnul. Bál se pomalu
dopočítat svého vlastního věku. Ale přežil, na
rozdíl od jiných je stále tady. Zasmušil se
a vystoupal po schodech do patra za Glorií.
„Arianna ještě stále žije?"
„No, je to teď dáma v letech," zasmála se
Gloria. Stano se vyklonil z okna, Arianna byla
stále tam – a tak jí zamával.
„Buona giornata!" A Arianna se zasmála
nahlas, ústa bez jediného zubu, zmizela
v tmavém okně a už se nevyklonila.

Zatímco Gloria smejčila po domě, za tu
dobu, co tu nebyla, to pěkně sešlo, Stano vyšel na
schody k vodě. Sednul si a pozoroval provoz. Tu

a tam proplula gondola, turisti usazení v těch
svých pláštěnkách, s deštníky nad hlavami.
Trpaslíčci, pousmál se Stano, ale pak
v myšlenkách zaběhl do vzdálenějších dob
a v očích mu vystoupily horké žilky – vodnaté,
těkavé, rozechvělé, uvnitř těla jako by se duše
ovinula kolem ostří nože. V tu chvíli z něj odešel
život, na schodech seděla sušinka, jen ji jako list
smést se schodu do kanálu.

Když se na něj Gloria dívala z okna,
měla pocit, jako by s ním na schodech seděl
Radek, ale i jeho rodiče, Božidar a Francesca.
Stano si lehnul vedle Glorie, zavřel oči. Gloria
ležela nehlasně. Vnímala ho vedle sebe. Vnímala,
jak dýchá, a vnímala vše kolem něj. Tíhu,
lehkost, bolest a utrpení s příměsí radosti. Když
otevřela oči, měla pocit, že je vše pryč, když je
zavřela, vše bylo zpátky. Vždy, když ležela vedle
Stana, měla dojem, že je tekutá – tekutá jako rtuť.
Slévala se a rozlévala se do sebe a od sebe,
ztrácela se ve svých myšlenkách a emocích,
chvílemi nevěděla, kdo je, chvílemi si byla
naprosto jistá, jednou byla sama a podruhé –
kolem ní vše křičelo. Výbuch rozmetal všechny
na kusy.

Z náměstí Svatého Marka se zvednul
houf holubic tak prudce, že se Glorii koflíček
kávy převrhnul.

„Kruci!" Utírala stolek ubrouskem.

„Kdybych byla tak pohotová jako ty číšníci tady, tak už dávno na zámořský lodi nepracuju," povzdychla si.

„A jak ti to jde?" zeptal se Stano.

„Ale to víš, půl roku pryč a pak chvíli doma. Ale jsem ráda. Můžu si dovolit hodně hezkých věcí. Zaplať pánbůh, že jsem tenkrát dala na svou intuici, mohla jsem pracovat pro hotel v Umagu ještě pár dobrejch let a bejt v klidu, ale taky bych se nikam nepodívala."

Stano sledoval turisty na náměstí, jak se houfují pod ochozy, protože opět začalo pršet. Usmíval se. Gloria ho podezíravě sledovala přes své sluneční brýle. Chvíli byl veselý, ale pak se mu něco přehnalo myslí a vypadal zcela jinak. No třeba teď! Teď je to ten moment, pomyslela si. Rozhlédla se po okolí, co by tak mohl vidět. Ale Stano si jen všimnul v dáli někoho, kdo měl plášť jako Hyun Wook Park.

„Sejdeme se později," řekl Stano a vystřelil od stolku.

„Ale," stačila říct jen Gloria, a pak už rychle zamávala na číšníka.

„Honem, honem." Vysypala peníze na stolek a vydala se v poklusu za Stanem.

Ten proběhl do vedlejších uliček, minul veřejné záchodky. Tam viděl Hyun Wook Parka naposledy. Zastavil se a rozhlédl se – nejdřív na jednu a pak na druhou stranu. Na gondolu v Calle Larga nenasedl, to by ho viděl odplouvat. Vydal se tedy na druhou stranu. Zabočil do Salita S. Moise, a v tu ho uviděl. Ve stejnou chvíli vyběhla z náměstí také Gloria, zahlédla Stanova záda, vydala se jeho směrem. Stano sledoval Parka, jeho khaki plášť, ale přeci jen bylo v tuhle dobu ve městě dost turistů, musel dávat pozor, aby ho neztratil z očí. Když byl na Campo S.Moise, viděl ho už na druhé straně mostku. Musel si pospíšit. Když byl ale na Campiello Traghetto, musel si přiznat, že ho ztratil. Zřejmě někde zabočil. Došel až ke stanovišti gondol, zaplatil si člun a trochu zklamaný se vydal po Canalu Grande směrem domů. Gloria ho pozorovala zpovzdálí, a pak se pomalu vrátila na náměstí, byla úplně bez nálady. Za čím se to Stano hnal?

Člun zastavil u Ca′Rezzonico, kde přistoupilo pár pasažérů, a až někde u Sant′ Angela si Stano všimnul, že v člunu není sám a že se cítí nesvůj. Jako by ho někdo pozoroval. Schoulil se sám do sebe. Bylo to právě před mostem Rialto, kde se to stalo. Tady někde, pomyslel si. Narazili do mostu a nikdo z nich to nepřežil. Tak jak se k němu blížili, padala na něj tíha oblouků – masivní most, který se klenul přes kanál, zastiňoval jeho mysl.

„Tady se to stalo?" zeptal se ho najednou

Hyun Wook Park.

„Uf!" cuknul s sebou Stano.

„Parku, ty jsi mě vylekal!"

Byl už večer, když se Stano vrátil k domu
Romea a Eny. Gloria, když ho slyšela přicházet,
lehce znervózněla a začala přerovnávat příbory
na stole. Nechtěla na sobě nechat nic znát, ale
nedařilo se jí to. Nicméně, Stano byl v náladě, tak
si Glorie moc nevšímal. Vešel do domu,
zaregistroval, že je v jídelně, popřál jí dobrého
večera a vyběhl kamsi do druhého patra. Gloria
stála v jídelně a zadržovala slzy. Něco se s ní dělo
a nevyznala se v sobě. Uvádělo ji to do značných
rozpaků. Na jednu stranu chtěla, aby si to s ním
užila, na druhou stranu v ní hlodalo cosi jako
žárlivost na jeho svět – nedokázala mu
porozumět, byl pro ni plný tajemství a ona
nemohla dělat, že ho nevidí. Připadala si jako
zloděj, když se do něj snažila nahlédnout, a bála
se pak, že ji za to potrestá. A teď je to tady. Už se
to děje. Nemluví s ní. Určitě to cítí! Ví to!
Ví, že ho šmírovala.

Aby rozehnala své trýznivé myšlenky,
vyšla do druhého patra a našla Stana, jak stojí
u okna a dívá se ven na kanál, pod mostkem
zrovna proplouvala gondola. A Stano se cítí jako
doma. Slyší, jak dole v kuchyni babička Ena
připravuje večeři a děda si čte noviny. Máma

schází po schodech a on se na ni dívá – přetahuje se s Radkem o autíčko – a v tu chvíli ho pustí – je mu to jedno.

„Dědečku!" zvolá a vyskočí mu do klína.

Kdyby celý život mohl být takový jako právě teď, pomyslel si Stano, když se procházel uličkami a fotil, co ho napadlo a co mu přišlo zajímavé – přítelkyně, co si povídaly na rohu, a děti, které jim seděly u pat a opíraly se o lýtka. Došel na hlavní třídu a u jednoho stojanu si všimnul svých fotografií. Prodávali se tu jeho pohledy. Zdálo se mu to neskutečné, vždyť kolik je to let, co tu byl na škole! Přivydělával si focením a tohle byly pohledy – opravdu snad jeho první fotografie, které kdy prodal. Zvedlo mu to náladu. Sednul si na roh do kavárny a nadepsal adresu na čerstvě zakoupený vlastní pohled. Pavlovu adresu znal nazpaměť.

O pár dnů později jeli s Glorií do města. Gloria si vzpomněla, že si chtěla ten den, co byli na kávě, koupit šátek – ale měla za to, že později bude levnější, jenže nebyl. Byla z toho rozladěná. Teď stáli v podloubí – lilo jako z konve. Náměstí Svatého Marka pod vodou, všude zmoklí turisti – otrava největší. Dělníci rozestavovali chodníky ve vzduchu, zatímco voda se rozlévala po celém náměstí.

„Volal Valerian."

„A co?" zeptal se jí Stano.

„Nepřijede." Semkla rty a dívala se do deště.

„Mrzí mě to!" dodala. Těšila se na bráchu.

„Celestýna měla další ze svých záchvatů."

„Tak nebuď nazlobená," chlácholil ji Stano. Znal Celestýnu, dokázala znepříjemnit svým výstupem celý den a jenom proto, že si připadala odstrčená.

„Já ji za to nenávidím," řekla nahlas Glorie.

„Nesnáším ji!" přilila do ohně.
Za každým slovem, které řekla, zůstala veliká trhlina, propast, kterou nešlo přejít. Ani Stano se k ní náhle nemohl nijak přiblížit. Stál na druhé straně a díval se na ni – trochu s lítostí, trochu s úsměvem, který by mohl ale každou chvíli ztrpknout, kdyby si to Gloria přála. Teď tu stála a nevěděla – zda má ještě něco říct, zda jí to pomohlo, když to řekla, a nebo jestli má ještě něco dodat. Nebylo třeba nic Stanovi vysvětlovat, znal Celestýnu. Nikdy nedokázal pochopit, co bylo mezi ní a jejími sestrami – Jagodou a Slavicou. Vadilo jí, že když zemřeli jeho rodiče, připadla péče o něho na ni? Zazlívala Slavici, že si klidně umřela a nechala tu ji a Jagodu? A Jagoda, bez dětí, žádné starosti, zatímco ona – vychovala Ruth, starala se o dvě vnoučata a ještě

jí k tomu přibyl tenhle malej Stano? Jenže Stano nikdy neměl dojem, že by ho Celestýna neměla ráda. Gloria mu dala už několikrát najevo, jak se v ní mýlí.

„Copak jsi nepochopil, že všechno je jen o ní? Točí se to kolem ní. Musí být po jejím!" A v tom, co řekla Gloria, bylo obsaženo vše – od snídaní, jak má být prostřeno, po úklid, přes volný čas, s kým ho trávit. Od toho byl Stano oproštěný. Ten si prostě, když mu bylo šestnáct, sbalil saky paky a odtáhl si do Benátek! A Gloria zůstala v Umagu sama! Ovšem, o to víc přilnula k Valerianovi. Bylo jí pak líto, když Stano psával dopisy jemu a jí jen někdy nechal pozdrav na posledních řádcích. A kde byl Stano, když Celestýna zestárla a začala být nemocná? V New Yorku! Pán byl v New Yorku. Tak jí přesně běžely myšlenky, když na něj byla rozzlobená. Malou útěchou jí bylo, když se rozhodla pro plavby na zámořských lodích – konečně se odpoutala od slavného Umagu a bylo jí už jedno, že Stano přesídlil do Amstru a pak ještě do Sydney. Bylo jí to – jedno. Turisti pobíhali zmateně po vyvýšených chodnících, Gloria na ně shlížela svrchu. Stano stál za ní a čekal.

Stano byl naložený ve vaně. Nohu přes hranu, zapálená svíčka na rohu. Měli puštěnou hudbu, hráli novou skladbu od Lili.
„Co na ni říkáš?"

„Na koho?" zeptala se Gloria.

„Na Lili."

„Mám ji ráda." Seděla u toaletky a pročesávala si vlasy.

„A?"

„Co no a?" otázala se klidně.

„Co si o ní myslíš?" zeptal se jí.

„Nevím. Nikdy jsem o tom nepřemýšlela." Chvíli se zastavila v česání.

„Mám takový divný pocit."

„Hm?"

„Ale nic." A česala si vlasy dál. Zůstal jí v hlavě nepříjemný předobraz, který nemohla pustit. Už když viděla, jak lidé vrávorají na vyvýšených chodnících na náměstí Svatého Marka, usadil se v ní pocit, že se něco stane. Stano vylezl z vany a zabalil se do osušky.

Časně ráno seděl Stano u stolu v kuchyni, v rohu rozsvícená lampa, na stole rozžhnutá svíčka, venku bylo ještě přítmí, po stole ještě staré fotografie a dvě otevřené barevné krabice. Probíral se tím, když se ve dveřích zjevila Gloria.

„Dobrý ráno."

„Dobrý."

„Jak se ti spalo."

„Ale jo," odvětila Gloria, „co to máš?"

„Starší fotky. Podívej. Most nářků. To jsme dostali jako cvičení v prváku. Most nářků v říjnu. Most nářků v listopadu. Most nářků v prosinci, ráno, před setměním."

„No, pěkný jsou."

„Zvažuju, co by šlo prodat
na pohlednice."

„Určitě pár kousků jo." Nalila si kávu.
„Zkus zavolat Dinovi, třeba by ti poradil."

Na druhý den postával Stano před dveřmi
Dinovy tiskárny a za týden si už odnášel
natisknuté pohlednice. Spolu s Glorií je připravili
do malých paklíků a začali obcházet obchody
a stánkaře. Všechny pohledy prodané. Stano
odpočíval na terase před domem Romea a Eny.
Gloria pokuřovala cigaretu u schodů a pak mlčky
odešla do domu. Stano se díval na kanál,
proplouvající gondoly, střídavě upadal do spánku
a zase se probouzel, když najednou měl dojem,
že v gondole proplouvající kolem jejich domu
sedí Hyun Wook Park. Stano se zvednul, ale než
se dostal ke schodům, gondola zmizela za roh.

„Drago!" hvízdnul Stano na gondoliéra,
který kotvil poblíž. Ten si pospíšil a Stano
k němu mohl hned přiskočit. Když se odrazili od
schodů, Gloria vyhlédla z okna a viděla, jak
Stano mizí. Proč? Nechápala to. Co se děje?
V tyhle chvíle se jí Stano vzdaloval a ona se cítila
tak osamělá. Nechápala, co se s ní děje. Cítila se,
jako když fena odstrčí svá mláďata a pak je
sežere.

„Honem! Pospěš si." Stano houknul na Draga a ten věděl jen, že má jet tím směrem, kam se tak upřeně Stano dívá. Ten zas viděl pláštík Hyun Wook Parka na gondole, která ještě před malou chvílí plula kolem.

„Doleva! Doleva!" hučel Stano a Drago trochu uraženě, trochu podrážděně jel, jak si žádal.

Za několik málo minut to Stano vzdal.

„Kruci!" bouchnul do kraje gondoly, až se nebezpečně naklonila. V jeho očích byl běs a vztek. Zdálo se mu vše najednou tak prudce marné, zoufalství, které ho naplňovalo, rozkymácelo gondolu, že se Drago musel pořádně ukotvit.

Za několik málo minut se Stano vylodil u domu a vběhnul dovnitř. Na dvorek dopadlo několik kapek podzimního deště.

Gloria se procházela po palubě Benátského Prince. Nepředpokládala, že na cestě stráví takovou dobu. Mohla vědět, že když odjede z Umagu, pobude v Benátkách tak dlouho? No, krátil se jí čas do odjezdu. Na loď měla nastoupit již za pár dní. Teď si z Benátek veze pár věcí navíc, bude muset zase všechno doma vybalit a přerovnat to. Něco se jí na lodi z toho, co nakoupila, bude určitě hodit. Kdyby ale nebyla tak hloupá, pomyslela si. Zapálila si cigaretu.

Poslední cigareta na dlouhou dobu. Kde je asi Stano, přemýšlela, když ho najednou uviděla skrz okénko v sále. Povídal si s nějakou starší dámou. Neviděla mu do obličeje. Dělalo jí to starosti. Co si má povídat s nějakou cizí ženskou.

Když se zanedlouho Stano objevil venku na palubě, dělala, že si ho nevšímá. Stano se opřel o zábradlí a vyhlížel do moře.

„Dej mi," natáhnul ruku po cigaretě. Podala mu ji, Stano si popotáhnul a cigaretu jí vrátil.

„Kdo to byl?" zeptala se.

„Hyun Wook Park." Podívala se na něj. Dělá si z ní srandu? Možná jen špatně viděla – a je unavená.

„Kdo to je?" zeptala se bez hlubšího zájmu.

„Tomu bys nevěřila." Na to ona jenom pokrčila rameny. „Starý známý. Už v Benátkách jsem měl dojem, že jsem ho zahlíd, ale vždycky jsme se minuli."

„Odkud?" zeptala se znovu.

„Z Koreje. Vždycky mě udivovalo, kolik vykouří červenejch máček. Když jsem s ním seděl naposledy, uvědomil jsem si, že víc než jeho sleduju, kolik toho vykouří. A pak ti mě překvapilo, že ho vůbec neznám. Uvědomila sis to někdy, jak málo znáš lidi, co kouří?"

Gloria se na něj podívala, jak to myslí.

„Asi jsem se překouřila. Není mi dobře. Jdu dovnitř." A uraženě odešla. Stano si toho nevšimnul.

Když zakotvili v Umagu, schylovalo se již k bouřce. Nebe se zatahovalo, zvedal se vítr a než vystoupili z lodi, strhnul se slejvák. Gloria nad hlavou kabelku, Stano s kufry, rychle přivolat taxíka a co nejrychleji na Vilu Prepotentan.

„Propána krále," vyjekla Celestýna.

„Dobrý večer," pozdravil tiše Stano. Gloria stála za jeho zády.

„Ahoj," ozvala se z rohu Ruth, máma Glorie Luny. Valerian mlčel, ale toho si teď Stano pramálo všímal, protože jeho oči sledovaly oči jiné – oči muže stojícího přes celou místnost, jako přes půl světa, oči muže, kterého kdysi opustil.

„Ahoj Stano," pozdravil Pavel Mokroš. Stano byl stále jako v úžasu.

„Ahoj mami," vypravila ze sebe konečně Gloria Luna a šla se s ní obejmout. Valerian byl stále potichu a sledoval, co se v místnosti děje.

„Ahoj Pavle," řekl konečně Stano. „Co tu děláš?"

„Přijel jsem za tebou," odpověděl Pavel.

„Ale, psal jsem ti teprve nedávno," odvětil Stano

Gloria hodila očima na pozdrav

Valerianovi. Celestýna na Stana spiklenecky
mrkla a Stano stále ještě držel Pavla za ruce na
uvítanou. Jakkoliv byl mezi nimi celý svět
a vzdálenost několika roků, teď tu stáli ruku
v ruce jako v opojení. A v té krátké chvíli – vše
nezbytné, důležité a podstatné.

„Stano, běž se osušit," vytrhla ho
z rozjímání Ruth a hodila mu ručník přes rameno.

„A ty Glorie taky. Jen je člověk pustí
do světa…" odešla Ruth z místnosti a mrumlala
si něco pod vousy.

Stano se převlékal v pokoji. Na prsou se
mu leskly piercingy. Dveře na chodbu byly
otevřené. Gloria byla v koupelně a zdálo se, že je
podrážděná, bylo slyšet, jak mlátí dvířky od
skříněk a štká. Pavel stál opřený ve dveřích.

„Už jsi to slyšel?"
„Co?" zeptal se Stano.
„Valerian se bude ženit," oznámil suše
Pavel. Stano si skousnul rty. V koupelně se ozval
ryk.

„Děje se něco?" zvolal Stano, ale nic se
neozývalo. Dalo mu to čas, aby se rozmyslel, co
řekne. Pavel Vala vůbec nezná, nezná ani Stanovu
historii. Neví, že ho tajně miluje. Nedá to na sobě
přeci znát. A v koupelně se ozval tichý pláč,
Gloria usedavě plakala.

„Glorie! Děje se něco?" zeptal se Stano

znovu.

„Ne…" snažila se přesvědčit Gloria sama sebe. Seděla na zemi pod umyvadlem a na záda jí kapala tichá bolest uvědomění. Každá ta kapka ji nutila vyplakat si pravdu do dlaní.

„Přijel jsem, jakmile to bylo možné," řekl Pavel Stanovi. Ten na nic nečekal, silně ho objal a vtisknul mu políbení. A v tom políbení – zapovězená láska k Valovi a tiché noci s Glorií.

A Gloria v pokoji vyplakávala hoře.

„Nic mi není. Jsem jen ráda za Vala." Plakala. „Nevím proč, ale jednu chvíli jsem si myslela, že zůstane sám." A vybavila si jeho první svatbu za Italku, a jak rychle jeho vztah s ní pohasl.

Jenže nebylo to vše, co Glorii tížilo. Dolehla na ni opět ta předtucha, cosi tíživého, a k tomu se nevyznala sama v sobě. Měla pocit, že její tělo narůstá do obrovské velikosti, aby vzápětí rychle splasklo, nervy jí těkaly, záškuby v tváři ne a ne povolit.

Stano byl stále v objetí s Pavlem. Pavel plně soustředěný na Stana. Stano rozdělený na tři části. Jednou částí s Pavlem, druhou s Glorií a třetí v podkroví v bytě Valeriana.

V altánku u domu ráno popíjela kávu Celestýna a pokuřovala při tom, stejně jako Pavel, který si v tomto směru starou dámu naklonil. Jak kuřáky dokáže spojit jedna jediná cigareta – a víc o sobě nemusí vědět. Stačí, když mají stejný zájem. Gloria seděla v rohu na lavici, listovala si v novinách a Pavlovi nevěnovala téměř žádnou pozornost – co na něm ten Stano vidí, nechápe, je o dost starší než on a je to na něm už i vidět. Ke stolu přišla také Ruth.

„Dobré ráno všem. Kde je Stano?"

„Není mu dobře, zůstal ležet v posteli," odpověděl Pavel. Gloria na malou chvíli pozvedla oči od novin, ale hned se vrátila ke čtení. Nechtěla na sobě nechat nic znát.

„No a co zavolat Milorada, ten přeci vždycky dokázal poradit, hm?" navrhla Celestýna.

„To je náš rodinný lékař," vysvětlila Pavlovi.

„No a nemám ho vyzvednout?"

„Ale jistě. Glorie, miláčku, půjč Pavlovi auto, ať pro něj zajede." Ruth se zapojila, ale Glorii to milé nebylo. Neochotně podala Pavlovi klíče od auta.

„Murinska ulice, na rohu s Drugou ulicí."

„Murinska? To je opravdu rodinný doktor," pousmál se Pavel, Gloria jen protáhla obličej, neslyšela tuto narážku už opravdu dlouho, pomyslela si. Když Pavel odjížděl, povšimla si, že nahoře v okně se hnula záclona. Asi Stano, pomyslela si, a pak zašla do domu. Od dnešního dne už nic nečekala.

V přízemí domu měla Celestýna svůj pokoj. Telefon zvonil, ale nebyl nikdo, kdo by ho zvednul. Celestýna seděla venku v altánku, ale pak zmizela někde v domě. Gloria ho slyšela zvonit, ale zůstala u klícky, která visela v altánku – krmila ptáčka.

„Co ty, maličký?" zeptala se modrobílého ptáčka. Pak se pozastavila. Telefon přestal zvonit. Slyšela tiché mumlání Celestýny. Tak přeci jen to stihla, pomyslela si.

„Dej si, maličký, dobrý zobání jsem ti dala." Zarazila se. Něco zaslechla. Jakýsi hlomoz, jako by někdo něco smetl se stolu. Otočila se k domu, ale nic neviděla. Z ničeho nic vyšla z domu Celestýna. Mlčela. V ruce měla svou hůlku.

„Děje se něco?" zeptala se jí Gloria Luna.

„Jak je to možné?" mumlala si tiše Celestýna.

„Jak je to možné," vykřikla a holí proťala vzduch, Gloria uskočila, hůl zasáhla klícku s ptáčkem.

„Proč! Proč! Proč!" Celestýna bezhlavě mlátila holí do klícky, až se jí otevřela dvířka a ptáček hrůzou uletěl, celý zmatený lítal sem a tam. Gloria stála a nevěřila svým očím. Celestýna se otočila a odešla do domu, jak tělo bez duše. Gloria šla pomalu za ní.

Celestýna stála v obývacím pokoji, a jak když do ní uhodí blesk, vyjekla a holí strhla obraz se stěny a začala po něm dupat. Gloria se ji snažila zadržet, ale kde se tolik síly vzalo v babičce, netušila. Smetla ji holí na zem a strhla ubrus se stolu. Na zem se svezla kytka, jídelní servis. To už se v pokoji objevila Ruth. Celestýna, jen ji zahlédla, vrhla se k ní a padla jí ke kolenům. Chytila se jí za sukni a plakala jak malé dítě. Ruth stála celá zkoprnělá, u nohou svou matku.

„Našla jsem si přeci přítele!" plakala Celestýna

„Tak proč mi ho pánbůh vzal!" Ruth ani Gloria nic nechápaly.

„Jen si najdu kamaráda, a už mi ho pánbůh vezme." Celestýna byla v agónii. Gloria s Ruth po sobě koukly, když to v tu chvíli Glorii došlo. Cigareta spojila Celestýnu s Pavlem víc, než si dokázala představit.

Když odcházel lékař večer ze Stanova pokoje, nebyl moc optimistický. Ale asi by se to ani nehodilo, aby měl v tváři nějakou naději. Gloria později přinesla Stanovi čaj do pokoje, ten jen ležel na posteli, zcela netečný, pohled upřený do stropu. Gloria u něj seděla, co chvíli mu mačkala ruku. Stanovi z očí stékala jedna slza za druhou. To, že Pavel zemřel, mu sdělila Gloria před malou chvílí. Podrobnosti o havárii si nechala pro sebe.

U Vily Prepotenan nebylo moc veselo.
Foukal studený jugo. Před domem se točilo
v koutě altánu listí spadané ze stromů. Oknem do
dvora se z koupelny dívala Gloria. Stála tam
mlčky a jen se dívala. Když vyšla na chodbu,
minula Stana. Nepoznávala ho. Tohle nebyl ten
Stano, kterého znávala. Tohle byl někdo jiný.
Když se mu podívala do očí, viděla jen zlobu,
chlad a zhrzení.

Lili seděla v křesle hotelového pokoje.
Na opěradle měla malý popelníček připevněný
k pásu, který zajišťoval, že se nesveze ke straně
či dokonce nespadne. Kouřila druhou cigaretu
a zamyšleně koukala z okna na moře. Po malé
chvíli se ozvalo slabé zaťukání. Když pokynula
Jenövi, došel ke dveřím a otevřel. Pozval hosta
dovnitř pokoje a tiše mu předal instrukce ohledně
rozhovoru. Lili stála u okna a stále se dívala
kamsi do dáli.

„Ehm." Stano si odkašlal.
„Tak se do toho můžeme pustit," řekla
Lili a dál se dívala z okna.
„Neposadíte se?"
„Neztrácejte čas planými řečmi. K věci,"
pravila stroze Lili.
„Dobře. Tak. Přijela jste do Chorvatska

již potřetí."

„Dál. Nebudu odpovídat na stejné otázky stále dokola."

„Ah tak," zarazil se Stano. Vzal to tedy odjinud.

„Říká se o vás, že ráda kouříte."

„Ano, to je pravda. A vy?"

„Dám si jen občas."

„Na stole jsou, vezměte si," pobídla ho. Jako by cigarety byly jediným pojítkem mezi ní a jím.

„Není tu zapalovač," odvětil. Nato se Lili otočila od okna a připálila mu. Díval se jí přitom do očí.

„Je to tak. Není," řekla. „Ale tady není víc věcí. Člověk by čekal, že když se někam vrátí potřetí, že už k tomu místu bude mít nějaký vztah. A já nemám. Přeci bych si měla zamilovat Umag, Poreč, Novigrad, ale nic. Jsem tu potřetí a je to tu samý přízrak," řekla.

„Není to tím, v jaký čas sem jezdíte? Je po sezóně."

„Nevím," řekla a podívala se kolem sebe. „To nemění nic na tom, že je to město plné přízraků."

„Povídá se o tomhle městě hodně věcí."

„Ano? Co třeba?" zeptala se ho Lili.

„Třeba, že ten, kdo sem vstoupí, dostane to, o co už přišel."

„Zajímavé," zbystřila Lili.

„Píšete něco nového?"

„Ano. Jedno album. Je skoro hotové. Chcete kousek zahrát? Počkejte." Sedla si k pianu a začala vybrnkávat melodii.

Kouřem všech mých cigaret,
roztančím dnes večer celý svět,
kde nejsem víc, zpět
už nelze vzít mé adieu.

„Líbí?" řekla a nečekala na odpověď. „Úsvit naděje. To aby si nemysleli, že pro svůj věk už nejsem optimistka. Život ovšem stojí za hovno. Nemyslíte?" Stano pokrčil rameny. Necítil se moc dobře.

„Kdy chcete fotit? Máte čas tenhle týden?" zeptala se ho Lili.

„V neděli," řekl Stano.

„Fajn, jsme domluveni. Nezapomeňte típnout cigáro, než půjdete. Nechci, aby si na vás v hotelu stěžovali." A jak se ocitl vevnitř, byl i venku. Nic zvláštního, pomyslela si, když si zapálila další cigaretu a to stejné si pomyslel i Stano, když opouštěl hotel.

V prvé řadě to byla veliká ostuda, celá tahle svatba, pomyslela si Gloria, když už bylo po všem. Připadalo to jenom jí, nebo to bylo celé odfláknuté? Kdo vymyslel takhle zpackaný obřad? Nechtěla tím nikoho obtěžovat, a tak si své dojmy schovávala pro sebe. Nevěstě to neslušelo, ale nikdo neměl chuť jí to říkat. Před obřadem v kostele svatého Pelegrina musela ještě vlastní rukavičkou ometat pavučiny v lavicích! Přišlo jí to naprosto skandální. Nevešla se ani do první řady! Kdo vymyslel tenhle zasedací pořádek. Takhle to vypadá, když se člověk spolehne na to, že někdo řekne, že je to zařízený. Ještě že ten svatební obřad neviděl nikdo z jejich přátel, to by se hanbou propadla všemi palubami zámořského parníku. Alespoň že Celestýna je celá pryč z toho, že se Valerian žení. Ale ten Stano, tváří se i na té svatbě jako boží umučení. Na chvíli se na něj podívala smířlivějším okem, ale to ji vyděsilo ještě víc a vrátila se ke kritickému zkoumání obřadu.

Když o dva dny později stála v Koperu se Stanem na nádraží, stejně jí to nedalo, aby se nevrátila ke svatbě.

„Kdo to kdy viděl, aby na svatbu pozvali právě je?" rozčílila se hned při první zmínce o svatbě.

„No, tak se asi dohodli s rodiči Vesny, ne?"

„Víš, jak trestuhodně málo lidí jsem na tý svatbě znala? Ale za to může Valerian! Kdyby nebyl takový ňouma!"

„A co udělal?"

„Právě že nic! Mohl klidně říct, ať si

pozvu víc svých přátel! Takhle jsem tam seděla
v kuchyni v koutě a nemohla si ani s nikým
pohovořit! Chápeš to? Na bratrově svatbě! Stano,
prosím tě, nejezdi, nikam." Odskočila od tématu,
viděla totiž, že jí Stano vůbec neposlouchá a že je
duchem nepřítomný.

„No, já jsem spokojený," řekl Stano.

„A kam jedeš? Pověz mi aspoň něco,
Stano." Ale čím víc Gloria mluvila, tím méně se
Stanovi chtělo cokoliv říkat. Vymlouvala mu
cestu z různých důvodů, že nemá práci hotovou,
ale jak ji tak poslouchal, napadlo ho, že není
šťastná a že ji šťastnou nikdo neudělá. Když
sednul v Koperu na vlak, ani se neotočil. Gloria
Luna vyšla z nádraží a klesla na lavičku. Seděla
na ní dost dlouho, ani nevěděla jak dlouho. Měla
dojem, že její život skončil. Nejen její.

Stano byl ve svém kupé lůžkového vozu,
díval se do stropu. Stevard už dávno roznosil
večeře, teplý čaj a popřál dobrou noc. Stano
nemohl spát. Hlavou se mu toho honilo, od jeho
dlouhých cest světem po poslední chvíle s Glorií,
poslední chvíle s Pavlem.

Déšť mydlil do střechy vlakového vozu.

Pavel se probudil kolem půlnoci. Vlak
stál. Odhrnul záclonku a vyhlédl ven. Stáli kdesi
na zastávce, lampy spoře osvětlovaly perón

a z vlaku vystupovali lidé, tarabili kufry a Pavel
získal divný pocit, že něco není v pořádku.

Dlouho se tím nezabýval a opět usnul.

Přetrvávající déšť bouchal do střech
vagónů.

Probudil se opět kolem čtvrté ranní. Vlak
opět stál. Stano zvedl záclonku a kouká, že stojí
s vlakem opět na nádraží v Koperu. Vylezl
z postele, oblékl se a vyšel hledat stevarda.
    „Co se děje?"
    „Liják způsobil sesuv půdy, budeme to
muset vzít druhou trasou přes Vídeň." Stano ho
už dál neposlouchal. Vrátil se do kupé, poskládal
si věci a vystoupil z vlaku. Netrvalo dlouho
a vlak se opět rozjel a vydal se na další cestu –
další pokus, jak se dostat do cíle.

Stano stál s kufrem na osamoceném
nádraží – ve čtyři ráno nikde nikdo – a brány
nádraží zavřené. Otevírají v pět.

A jak stál na tom nádraží a nemohl před
sebou utéct, složil hlavu do dlaní a plakal. Pavel
odjel vlakem pryč a Stano tu zůstal sám.
V Koperu končí koleje.

Gloria seděla u stolu v kuchyni, před sebou na stole otevřený dopis, seděla s rukama založenýma pod bradou a dívala se skrz záclonu ven. Ani se neotočila, když Stano vstoupil do místnosti. Bylo ticho. Na stěně tikaly hodiny. Gloria pátrala očima někde v dáli. Měla chvíli pocit, že to nevydrží a začne plakat, a najednou tam seděla opět přísně a ze vzteku se ani neotočila. Ať si tam stojí ve dveřích. Stano necítil, že by měl říct něco na pozdrav. Věděl, jen co vkročil, že se něco děje, a napjatě čekal, než Vila Prepotentan opět promluví.

„Našla jsem ty dopisy," pronesla do úplného ticha po chvíli. Stano zahlédl na stole dopis adresovaný jemu. Bylo mu to nanejvýš nepříjemné.

„Myslíš si, že o tom nikdo neví? Bože, ta ostuda!" Kutálela se z ní pyšná slova.

„Nemáš k tomu co říct?" Dívala se stále oknem ven. Neviděla, ale cítila, že Stano pláče. Slzy se mu kutálely od očí, tiše se obrátil a šel do pokoje. Gloria se otočila. To nechtěla. Zvedla se od stolu a na něm – zůstal ležet starý dopis od Zvonka. Jako by Zvonko hovořil, jeho zvonivý hlas se nesl Vilou Prepotentan a trýznil Glorii – jak mohla být tak slepá!

Lili se převlékla. Vzala si na sebe tmavě zelené šaty s krajkou. Vešla do místnosti. Stano už seděl na gauči, cigaretu zapálenou.

„Oh." Zaskočilo ji to. Seděl tam,
připravený a nad věcí. Zrovna když si myslela,
že ledy byly prolomeny. Jak jsem hloupá,
pomyslela si a snažila se rychle zařídit podle
situace. Nedala na sobě nic znát a pozdravila ho.

„Ahoj."

„Jak se dnes cítíte?" zeptal se Stano.

„Děkuji. Velmi dobře. Vy?"

„Tak abychom přešli k věci. Potřebuju
udělat dvě nebo tři fotky tady, dvě nebo tři venku,
a pak půjdu."

„Pak půjdete?" otázala se. „Kam
půjdete?"

„Nemám celý den. Musím ještě něco
zařídit." Cítila se pohoršená a dotčená. Bože,
pomyslila si, nemá už snad nikdo úctu k tomu,
kdo jsem? A pak zalitovala, že si s sebou nevzala
Mary, která dávala vždycky pokyny novinářům,
na co se ptát a vůbec. Kde jsou ty časy, kdy bylo
pro fotografa čest! udělat si jednu nebo dvě
fotografie. Kdyby tu byl alespoň Ethan.

„Měl bych ještě pár otázek. Můžete mi na
ně odpovědět?" Lili se na něj jen podívala,
ale cítila se jak přiklepnutá kladívkem.

„Jistě." Zapálila si cigaretu.

„Prý jste v mládí brala drogy, je to
pravda?" zeptal se bez vytáček. Lili si ho změřila
dlouhým pohledem, jako by chtěla zjistit, co se za
tou otázkou skrývá. Nic ale neviděla. Nic. Vůbec
nic.

„Ano?" odpověděla s lehkým náznakem otázky. Stano seděl naproti ní a měl dojem, že Gloria je s ním všude, v každém úhlu jeho pohledu. Vůbec nechápal, že se ptá na tyhle směšné otázky. Cítil ji za svými zády.

„Bylo to směšné," řekl potichu.

„Ano, velice jsem se pobavila. - Jenö!" A dál se jím už nezabývala. Otočila se k oknu a vyhlížela na nebe. Racci kroužili u pobřeží. Necítila se dotčená. Necítila se ani otrávená. Jen už nechtěla trávit čas s nikým, kdo ji neobohacuje. Ať to chce nazývat kdokoliv, jakkoliv. Pomyslela si.

„Celý můj život, Jenö, celý můj život jsem byla poctivá sama k sobě. Nikomu se nemusím zpovídat."

„Ano, madam" odvětil Jenö ze slušnosti. Rozhlédla se po místnosti a zamířila k psacímu stolku.

„Napíšeme do redakce dopis."

„Ano, madam."

„To je to poslední, co pro sebe mohu ještě udělat, do té doby, dokud jsem naživu," dodala tiše.

Stano seděl v obývacím pokoji, četl si dopis od Zvonka. Už zapomněl, jak byl Zvonko něžný v každém slovu, které psal. Jako by tu s ním byl a mluvil na něj. Měkký a poddajný a přeci – mužný – s takovým mužem by se nestyděl žít. Potkal hodně mužů ve svém životě, ale žádný už nebyl takový jako Zvonko – ničím podobný, ničím jedinečný. Zvonko byl první jeho láskou. Všichni další byli pouhou ozvěnou.

Gloria byla už pryč. Odjela na šest měsíců se zámořskou lodí. Vila Prepotentan osiřela. Valerian s Vesnou byli stále na svatební cestě. Zůstal tu jen Stano. Samozřejmě, byla tam i Celestýna a Ruth, ale tím to končilo.

Stano seděl na schodech do moře, za zády Vilu Prepotentan, vedle něj Hyun Wook Park.
.

„Krása, viď?" řekl Stano.

„To jo," odpověděl Park.

„Pořád vidím tu nehodu – jak zemřela máma s tátou." Odmlčel se. „I brácha."

„Opravdu jsi to viděl?"

„Nevím... Nevěděl jsem, že Slavko a Jagoda měli dítě."

„Ano, měli. Zemřelo krátce po narození," odpověděl Park.

„Líbilo se mi, jak jsme pouštěli jako děti draky u babičky a dědy v Grožnjanu," usmál se Stano.

„A to, jak se pohádala Slavica s Jagodou, to si nepamatuješ?"

„Ne," odmlčel se Stano. Díval se dál na

moře.

„Ne." Říkal sám sobě na břehu moře.
Hovořil sám se sebou už nějakou dobu.
„Pamatuji si jen, že jsem našel Jagodu
oběšenou. A pak pohřeb dědy Vedrana a babičky
Slavici. A nakonec se o mě starala Celestýna.
Zbyla na všechno sama. Všechny přežila. I toho
Pavla nakonec… "

Nevěděl jak, ale dostal se ke Kočičímu
domu. Tam, kde bydlela Jagoda s manželem.
Co to bylo za život, ptal se sám sebe Stano? Co to
mělo všechno za smysl? Na mysl se mu vrátila
tísnivá vzpomínka na nehodu v Austrálii, Park
zůstal ležet mrtvý pod autem.

Lili seděla na pódiu u piana. Mluvila do
mikrofonu.
„Víte," odmlčela se na malou chvíli,
„když jsem začínala, neuměla jsem ani pořádně
hrát, natož zpívat. Tím chci říct, že – to, co si
přejte a co chcete, si nikdy nenechejte vzít, ať už
je cesta za vaším cílem dlouhá jakkoliv. Zahraju
vám teď svou poslední. Tedy, ne snad úplně
poslední," zasmála se. Orchestr pod pódiem začal
hrát, Lili se přidala.

Kouřem všech mých cigaret,
roztančím dnes večer celý svět,

kde nejsem víc, zpět
už nelze vzít mé adieu.

Já nestojím a nečekám,
jdu vpřed a hledím do daleka,
kde mraky tmavnou do černa,
vím, už nelze vzít zpět mé adieu.

Tam, kde tma je nejtmavší,
zdá se mi život nejsnazší,
bez všeho i bez tebe můj nejdražší,
v té tmě je úsvit naděje.

Miláčku můj přesladký,
nemarni čas a zhasni
tu svíci na počest mou, dál sni
o životě a mně už řekni adieu.

Však ty jsi šel, tam kam jsi měl,
svou cestou bez pravidel,
a jak jsi z života odešel,
v té tmě zbyl můj úsvit naděje.

Tam, kde tma je nejtmavší,
zdá se mi život nejsnazší,
bez všeho i bez tebe můj nejdražší,
v té tmě je úsvit naděje

Tys řekl, že se nezměním,
tys řekl, že postojím!

A já vpřed na znamení,
je to tak - mizím pryč a adieu.

Dnes už vím, kdože jsem já,
kolik cigaret jsem vykouřila,
na mě nikdo nečeká,
už nelze vzít zpět mé adieu.

Tam, kde tma je nejtmavší,
zdá se mi život nejsnazší,
bez všeho i bez tebe můj nejdražší,
v té tmě je úsvit naděje.

Tam, kde tma je nejtmavší,
zdá se mi život nejsnazší,
bez všeho i bez tebe můj nejdražší,
v té tmě je úsvit naděje.

Stano se procházel po pobřeží, vlny
přehlušily jeho myšlenky. Jeho život se srovnal
do jediné linky – nehlučné, přímé, dlouhé linky.
Jako po laně se tedy vracel do Vily Prepotentan,
z dálky se zdálo, jako by splaskla, jako by
všechna ta pýcha odešla – to prokletí celého rodu.
Gloria někde pluje po moři, pomyslel si Stano.
Když přicházel k domu, viděl Celestýnu sedět
ve svém pokoji, mluvila do mikrofonu
a nahrávala si na pásku svůj deníček. Ruth byla
v obývacím pokoji, dopisy od Zvonka převázala

červenou mašličkou a uctivě je položila na tácek. Obraz Robina už dávno visel na stěně, zázrakem se mu nic nestalo, jen rám byl trochu polámaný. A když přišel dovnitř Stano, podívala se mu do očí a s láskou ho přišla obejmout.

Když se na druhý den Stano procházel po nábřeží u hotelu, foukal silný vítr. Takový vítr, do kterého by se muž mohl opřít. Prapory hotelu se ve větru ohýbaly k prasknutí. Tím, jak se Stano cítil poslední dny, tím se už nezabýval, věděl, že ho nemoc přemůže dřív nebo později. Přesto jeho poslední myšlenky nebyly nijak zásadní. Věděl jen, že život mu dal něco, o co už přišel.

*Milý čtenáři, děkuji, že jsi dočetl až sem.
Jako vyjádření díků jsem ti připravil ještě
oddíl věnovaný zápiskům z autorského
deníku. Bohužel jsem nezachoval zápisky
k prvním dvěma částem. Doufám,
že podrobnější vhled do tvorby
Přízraků z Umagu to vynahradí, stejně
jako přiložený notový zápis skladby Úsvit
naděje či portréty některých postav.*

*S láskou a úctou
Rajneesh*

Příběh Poslední noc v New Yorku jsem začal tvořit již někdy v roce 2002. Tehdy jsem ještě netušil, že se rozvine do podoby moderního románu. Besame mucho a New Jeff Buckley jsem napsal s odstupem dvou let a Přízraky v Umagu je doplnily o mnoho let později. Při svých cestách po světě jsem začal cítit postavu Stana Murina a chtěl jsem dopovědět nejen jeho příběh, ale také další osudy, které rozehrály první dva příběhy.

Oproti prvním dvěma dílům jsem psal Přízraky v Umagu velmi intuitivně, nicméně jsem si vedl autorský deník mnohem obsáhleji oproti prvním dvěma dílům, protože obsahuje hodně místopisných pojmů. Kdybyste se dali cestou hrdinů, zcela jistě byste našli všechny uličky a domy, o kterých zde píši, byť jsem změnil některé zažité názvy, aby byly poplatnější duchu příběhu.

Besame mucho, protože se jednalo o prvotinu, obsahuje poměrně dost autobiografických rysů, i když bych měl spíše napsat, že se jedná o příběh inspirovaný mým životem, než že by se jednalo o doslovný popis. Tak i postava Benjamina někdy vykládá karty, jak kupříkladu zmiňuje postava otce.

New Jeff Buckley poměrně dost odkazuje k dílu zesnulého zpěváka Jeffa Buckleye a jeho české obdoby mladého a nadějného umělce Filipa Venclíka, který také, stejně jako Jeff Buckley, zahynul za tragických okolností. V příběhu se potkáváme s americkou smetánkou, kterou zastupují postavy hereček. Nejedná se o skutečné postavy, ale jsou příznačnými symboly pro něco nedosažitelného - čeho se můžeme sotva dotknout.

Přízraky v Umagu měl být původně detektivní román, možná proto má velmi složitou vnitřní strukturu a osvětluje mnoho z tajemství Stana Murina, kterého tolik obdivoval Pavel Mokroš.

Přízraky v Umagu jsem sepisoval při své duchovní cestě po Indii. Chodil jsem si tisknout mapičky, rozkresloval postavy a k příběhu se propracoval přes rozsáhlou synopsi. Příběh jsem ale dopsal až po návratu domů, tehdy jsem žil v Maďarsku, a i tehdy vznikly mnohé portréty postav. Do knihy jsem se rozhodl zařadit pouze portréty hlavních postav, ostatní jsem vsunul do oddílu autorského deníku. Když si zpětně procházím příběh, vidím, jak moc se v posledním příběhu otiskl duch Indie - od scény pouštění draků v Grožnjanu až po posvátné momenty, kdy se mnohé postavy příběhu dostávají na konec své životní cesty. Ale i přes to - naději vrací poslední píseň Lili, Úsvit naděje.

Rajneesh Pranapati, autor

Z AUTORSKÉHO DENÍKU

Svůj autorský deník jsem si pořídil v indickém Varanasí a stal se neocenitelným pomocníkem. Na terase hotelu poblíž Manikarnika ghátu se tak začal rodit poslední příběh - Přízraky v Umagu.

Příběh musí být jasný i tomu, kdo nečetl první
a druhou část. A zároveň, kdo četl oba díly, musí
poznat, že ten příběh navazuje.
Zapsal jsem si 21.1.2013 do deníku. Protože první
část jsem napsal v roce 2002, druhou kolem roku
2005, přirozeně jsem musel víc zapřemýšlet, jak to
celé propojit. Hledání formy.

Varanasí 28.1.2013 - Je důležité nechat příběh
odpočívat. Teď čekám na snídani. Kranti šla na emaily.
(necestoval jsem sám) *Mám dost děsnou noc za sebou.*
Myslím, že Stano by měl dostat za uši v lásce. Mělo
by být zcela jasné jeho pochybení. Nevím ale nakolik
by to mělo být kruté zacházení druhou stranou.

Protože nedílnou součástí knihy je i hudební dráha
zpěvačky z duše - Lili, dělal jsem si představu o jejím
posledním albu. Později jsem zkomponoval skladbu
Úsvit naděje na základě slov k písni v knize. Marc Grey
a Wil Lemansch, umělci ze São Paula již dříve pro Lili
složili a nazpívali písně Besame Mucho, Rozprášená
vrchovina a Tváří v tvář.

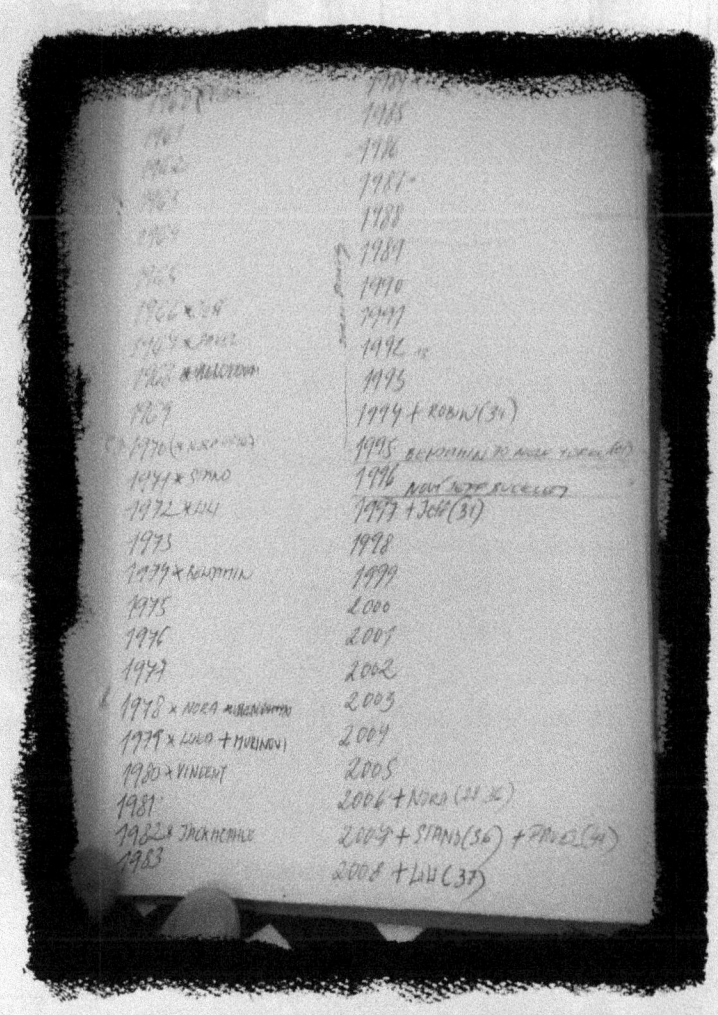

Všechno musí sedět. Toto je část časové osy, která pokračuje až do roku 2039, kdy ve věku 65 let umírá Benjamin. Časová osa pokrývá tedy období 1960 - 2039. Pro potřeby knihy už nebylo třeba časovou osu rozšiřovat o data narození a úmrtí postav z poslední části. Příběh se doskládal.

Mnohá místa v knihách mají svůj předobraz a nejinak
tomu je i u vily Prepotentan a Kočičího domu.
Zajímavostí je, že se v Umagu skutečně nachází
i zmíněná ulice Murinská (název odvozený od nedalekého
města Murine). Postava Stana Murina ovšem přišla
na svět mnohem dříve, než jsem sám zavítal do Umagu.
Život tvoří umění.

Grožnjan jako takový se stal mou inspirací v mnoha mých dílech (např. *Grožnjanské mystérium*). Pravdou zůstává, že můj pobyt v Grožnjanu ve mně zanechal silný otisk. A ano, scéna s telefonem zvonícím do prázdna vychází ze skutečné situace.

Benátský princ, loď, kterou jsem se i já svezl do Benátek,
ve mně zanechala určité stopy - včetně mikropříběhů,
které jsem odpozoroval během své plavby...

Dům Romea a Eny v Benátkách patří mezi ta místa,
která nemají svůj reálný předobraz. Při své návštěvě
Benátek jsem se nechal inspirovat projížďkami
na gondolách a duchem onoho místa. Ve své hlavě jsem
si vytvořil místo, kde se lidé znají navzájem, kde se
protínají osudy mnoha generací. Místo, které se stává
pomalu přízrakem...

Klíčové momenty si vždy zakresluji. Snažím se vidět víc do dynamiky vztahů, kterou zřím až na papíře, když si figury rozkreslím do prostoru. Nejde snad ani o konkrétní scénu jako o to, jak se postavy k sobě vztahují navzájem...

Gloria a Celestýna krátce po tragické události sedí
na kanapíčku. Na zemi leží obraz Robina, který tu
po sobě zanechala Anna Drahuše...

Některé črty ukazují postavy mimo příběh, kdy s nimi ve skutečnosti nejsme. Dávají mi ale představu o naladění postav. Jaká je Lili, když je sama? Lili zde o samotě čeká na příchod Stana.

Vlakové nádraží Umag neexistuje. Nejbližší vlakové nádraží je Koper. Předobraz nádraží v příběhu leží v budapešťském Keleti pályaudvar, kam jsem se jednou vrátil po několika hodinách cesty zpátky. Inspirace životem.

Každý v životě potká svého Hyun Wook Parka. [Chjan-U'k Parka]. Já jsem svého potkal při cestě z Hong Kongu do Dubaje, ale jméno mu daroval až muž, který se o mnoho let později ubytoval ve stejném hotelu v Indii jako já.

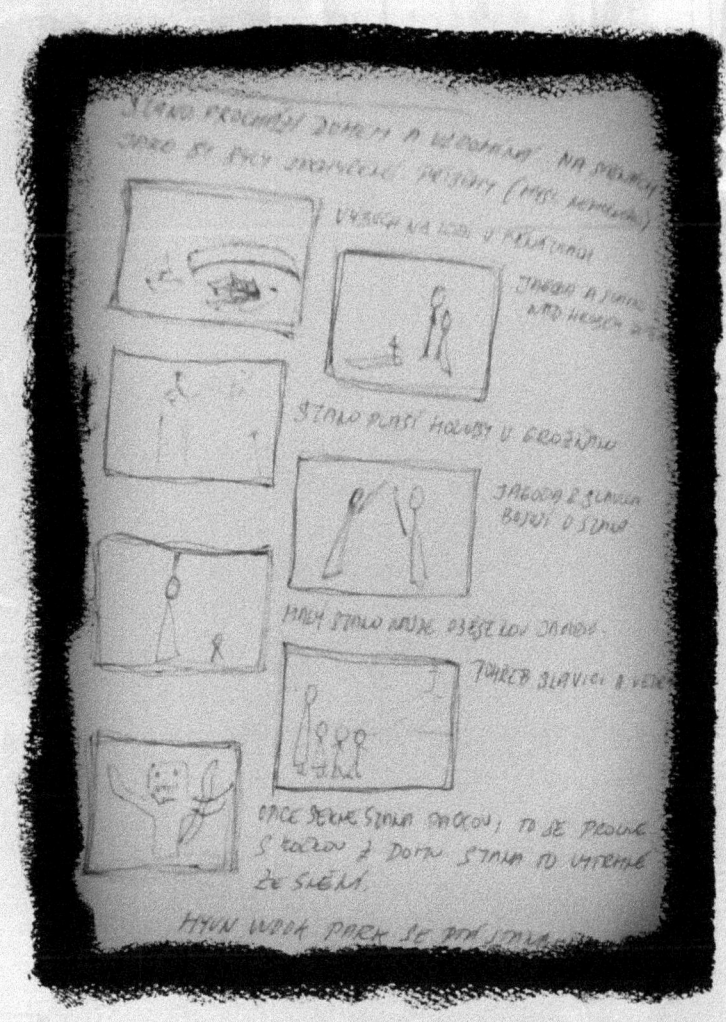

Někdy svůj příběh vidím jako třepotání motýlích křídel, jednotlivé pohyby si pak musím v rychlosti načrtnout, abych věděl, co mám vyprávět.

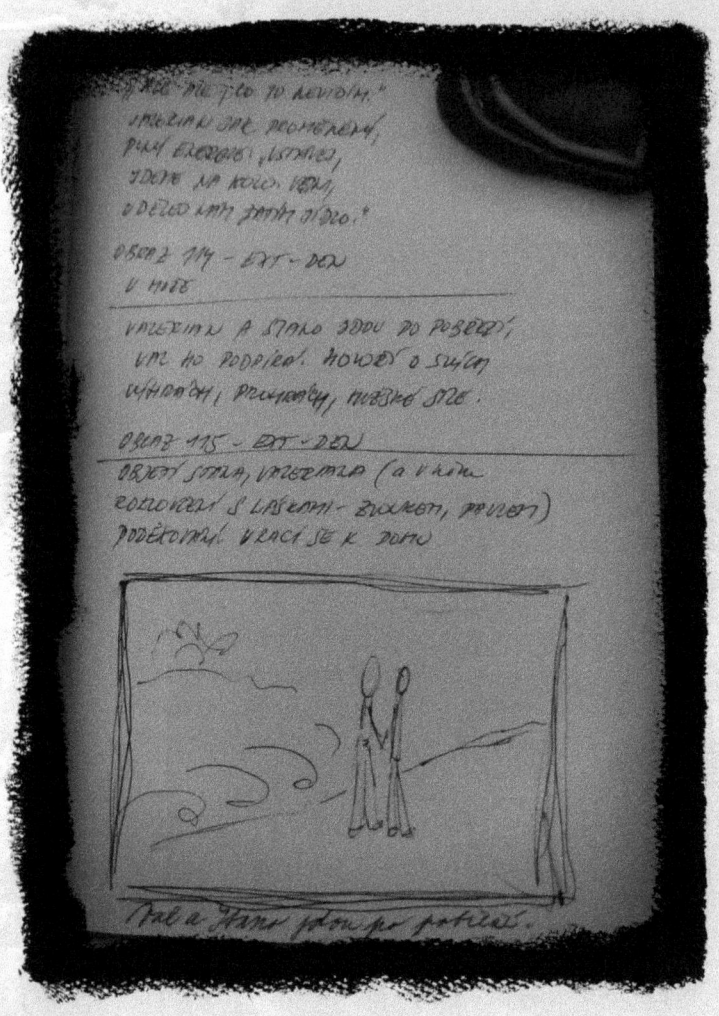

Než začnu psát knihu, mám ji nejdříve celou rozepsanou
do bodového scénáře. Číslo obrazu, jestli se jedná
o exteriér či interiér, o jakou denní dobu a místo jde...
Mnohem lépe se pak hlídají návaznosti. Vychází to z mé
scénáristické praxe. Řemeslo se nezapře.

8.2.2013, Bódhgaja, Bihár - Stále mám ještě malou
představu o prostředích - jednotlivé místnosti, jejich
vybavení, postavy se tak nějak pohybují jako ve vzduchu,
byť jsem na těch místech byl, mám je zažité. Jeden by se
divil, ke kolika detailům zůstane netečný. Když se dnes
dívám na Grožnjan, nepřijde mi tak kamenný, ale když
tam člověk je, má pocit, že kamenům doslova neunikne
- kámen doslova na každém kroku.

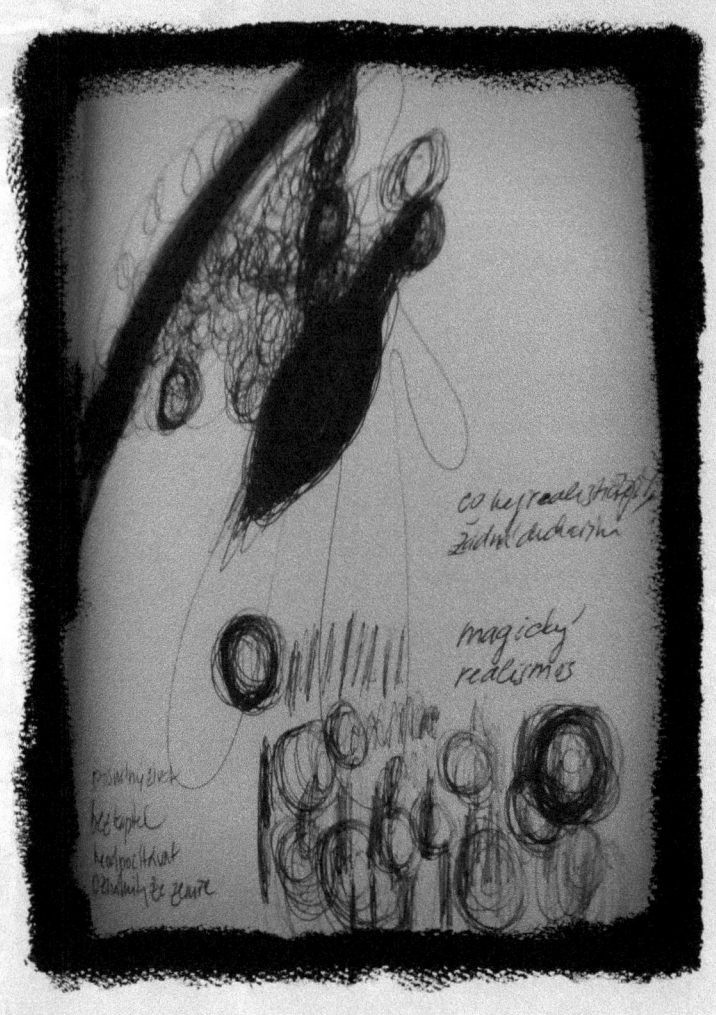

Tohle málokdo ví, ale *Přízraky v Umagu* vychází z rozkladů
tarotových karet. Rozkládal jsem je na vše: prostředí,
jednotlivé dny příběhu, dějové linky od expozice po katarzi.
A v určitý moment vezmu tužku a vykreslím si, co chybí
příběhu, který jsem poskládal dohromady. Tohle je záznam
kresby, který rozhodl o tom, že spoustu věcí zůstane
nevyřčených (a tak jsem oželel spoustu zajímavých
a kouzelných scén).

Toto je jedna ze scén, která vypadla a kvůli které jsem
zpětně zanesl drobnou změnu do příběhu New Jeff Buckley
was born. Člověk by nevěděl, že nejlepším přítelem Stana
Murina je jeho pes Jonáš a zcela určitě by si
nevydedukoval, kde se vlastně Stano Murin a Pavel
Mokroš potkali poprvé.

19.22013, Bódhgaja, Bihár - Nevěnoval jsem teď příběhu žádnou pozornost. Asi odpočívám. V Indii je tolik vjemů a náš pobyt zde končí. Ale tak, jak se míchají pocity, že Indii opustím bezmála po dvou měsících, tak si uvědomuji, že takové nějaké pocity by bylo teba vyvolat, když se loučíme se Stanem. Stano byla má oblíbená postava. Mám za to, že bez Stana by Pavel Mokroš nebyl nikdy zajímavý. A vůbec - příběh samotný by postrádal esenci - mužství.

Mapy jednotlivých míst byly velkými pomocníky. Kolikrát jsem procházel prstem jednotlivé uličky a místa, kde se příběh odehrával. Možná, že vás nyní ta místa také pozvou k návštěvě. Moc bych si to přál. A zajímavost na konec: New York jsem dosud nenavštívil. Kdo ví, třeba si tam udělám cestu po stopách Pavla, Stana, Lili a dalších postav.

Dawn of the hope

jdeš svou cestou a to   hned!   Ne -čkáš   až řeknu já: tak běž a objev   svět!

Ne--sto--jím   a ne--če--kám,   byť ty jdeš do da le ka.   Já mi zím-pryč a díe u,

čeká mě vic jin de. Tam,kde je tma nejtmav ší, zdá se můj ži vot nej snaz ší

bez vše ho i bez te be můj nej draž ší, vtě tmě je úsvit na dě je.

Kouřem všech mých cigaret,   roz tan čím dnes ce lý svět

kde nejsem již   nik dy víc   nelze vzít zpět a die   u.

Kde mra ky tma vnou do čer na. ne lze vzit zpět a die u. Tam,kde je tma nejtmav

zdá se můj ži vot nej snaz ší

bez vše ho i bez te be můj nej draž ší,

vtě tmě je úsvit   na dě je.

Tys řekl, že se ne změ nim, Tya řekl že po stojím.

a já šla vpřed na zna mení, mi zim pryč aa die u.

dnes už vím, kdože jsem já.

ko lik ci ga ret vykouřila.

na mě nikdo nečeká nelze vzít zpět a die u.

Tam, kde je tma nejtmav ší, zdá se můj ži vot nej snaz ší

bez vše ho i bez te be můj nej draž ší, vté tmě je úsvit na dě

269

BESAME MUCHO

WIL LEMANSCH

S příběhem Besame mucho jsou nesmazatelně spojení umělci ze São Paula. Spolupráci jsme navázali přes dnes již neexistující komunitní server Orkut. Wil Lemansch, vizuální umělec, tehdy spolu s Marcem Greyem tvořili experimentální hudební seskupení Coquelux. Vytvořili pro tento příběh tři písně:

Face to face
Funneled highlands
Besame mucho
Besame mucho (remix)

Will Lemansch na Soundcloud:
https://soundcloud.com/willemansch

MARC GREY

Dnes je mnoho lidí aktivisty různých příčin
na sociálních sítích a já také, ale skrze hudbu.
Hudba pro mě měla politický podtón, byl to způsob
jakéhosi protestu, vymícení nemocí života a tohoto
světa. Nebyl bych ničím bez mých odkazů, jsem
směsicí Kabinetu doktora Caligariho, Blade
Runnera, Bowieho a Siouxsie Sioux.

Marc na youtube:
https://www.youtube.com/channel/UC-r1e-fYgtnChK_MuRMcyEw

Hlas přítele z Hong Kongu(mimo obraz):

親愛的班傑明，

非典型肺炎的疫情愈來愈嚴重，口罩已經把我折騰
得不成模樣，我不能把它除掉，我更不能回家。我已經
弄不清楚，甚麼叫「與別人共晉晚餐」這回事。
昨天我收到一個壞消息，我親愛的圭刊死了。由早
晨開始，淚水不停的從我的雙眼湧出來。我真的透不過
氣，你根本不知道，那個口罩快要把我弄至窒息。
我很清楚知道，我快要瘋了。心傷透了，死去的只
有二百多人，為何偏偏她是其中一個？

Obraz 55
Hong Kong
rušná ulice
exteriér - den

?C
nladého čínského kluka s rouškou jde
meře.

Hlas přítele z Hong Kongu(mimo obraz):
Qing ai de ban jie ming,
Fei dian xing fei yan de yi qing yue lai yue yan zhong,
kou zhao yi jing ba wo zhe teng de bu cheng mo yang,
wo bu neng ba ta chu diao, wo geng bu neng hui jia.
Wo yi jing long bu qing chu,
shen me jiao yu bie ren gong jin wan can zhei hui shi.
Zuo tian wo shou dao yi ge huai xiao xi,
wo qing ai de gui li si le.
You zao chen kai shi,
lei shui bu ting de cong wo de shuang yan yong chu lai.
Wo zhen de tou bu guo qi, ni gang ben bu zhi dao,
na ge kou zhao kuai yao ba wo long zhi zhi xi.
Wo hen qing chu zhi dao, wo kuai yao feng le.
Xin shang tou le, si qu de zhi you er bai duo ren,
wei he pian pian ta shi qi zhong yi ge?

K první části knihy vznikl také scénář k nerealizovanému
celovečernímu filmu. Na obrázku pro zajímavost překlad
dopisu: *Můj drahý Benjamine, SARS teď řádí o poznání
víc. Jsem už unavený z nošení roušky...*
Překlad: Benjamin Chan Chi Wai

PORTRÉTY

Terezka

Vincent

Marínek

Olinka

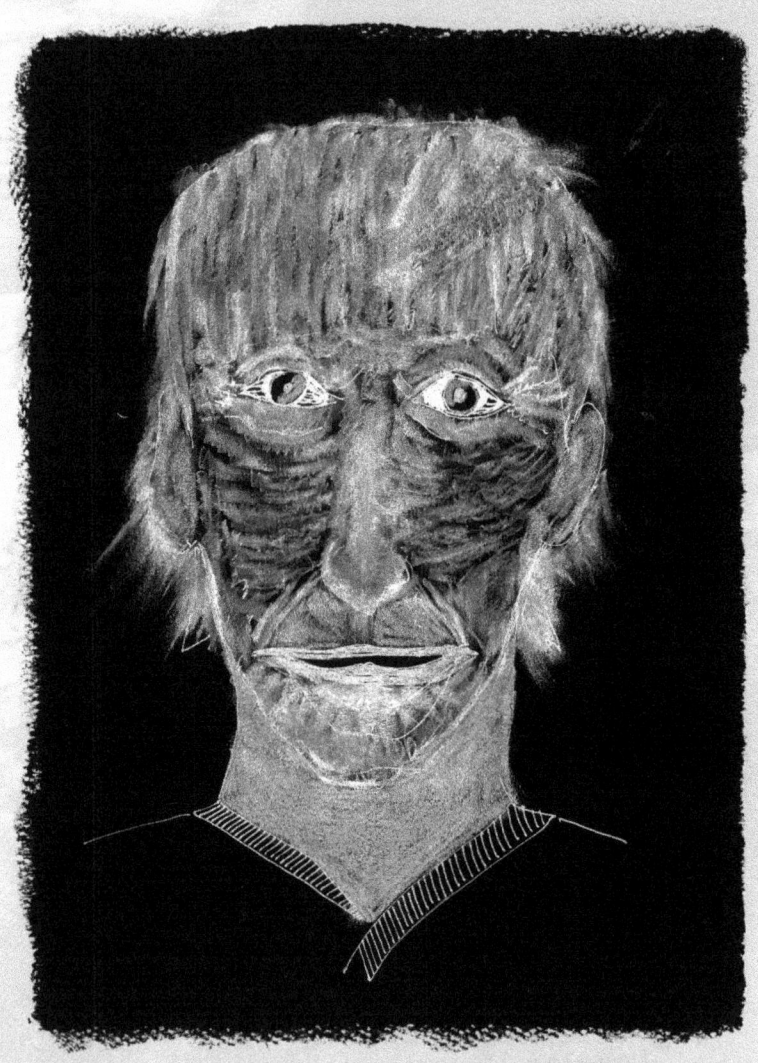

Slečna Jana

Luka

Lili, zpěvačka z duše

Robin

Jack McPhee

POSLEDNÍ NOC V NEW YORKU

AUDIOKNIHY

Jako takový malý bonus pro vás je možnost poslechnout si mé autorské čtení na youtube kanále *Svět poslední noci Rajneeshe Pranapati*, který je věnovaný mé tvorbě. V době publikování této knihy je k dispozici namluvená první i druhá část knihy. Přízraky v Umagu na svou nahrávku čekají.

Rád bych tímto poděkoval zvukovému mistru Zsolt András Éliás, který se podílel na nahrávání těchto audioknih:

Besame Mucho
New Jeff Buckley was born

PŘIPRAVUJI K VYDÁNÍ

Lucián z deštného pralesa Feklespír
Rajneesh Pranapati

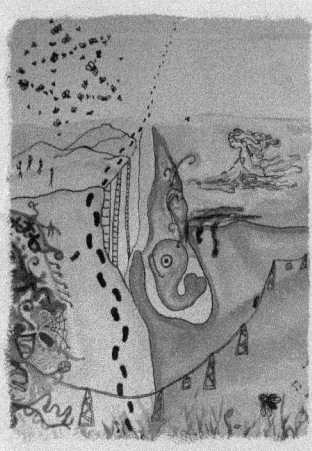

Dobrodružství malého Luciána, který se vydal na dlouhou cestu za hlasem svého srdce.

V deštném pralese Feklespír žije malý kluk, tak asi desetiletý, hubený jak lunt s očima vytřeštěnýma navrch hlavy, jmenuje se Lucián. Náhodou objeví cestu z Feklespíru ven a navštíví tak další místa: Zámek paní Heneky, ledovou pláň Holenkárnýmej a slavné město Pochlenstár, zemi Velké roviny, aby se dostal tam, kam ho celou dobu vede jeho srdce...

Konějška, Brzka, zámecká paní Heneke, princezna Žaneta, tři čarodějnice, Luchipé a drak Pomfián, to je několik málo postav, se kterými se Lucián setká během svého putování, aby o něco víc pochopil sám sebe.

Příběh o laskavosti, přátelství, síle odpuštění a lásce, která nakonec zlomí i největší prokletí.

S láskou Rajneesh

PRANAPATI

Všechny barvy života

SINCE 2013

RAJNEESH PRANAPATI
POSLEDNÍ NOC V NEW YORKU
BESAME MUCHO
NEW JEFF BUCKLEY WAS BORN
PŘÍZRAKY V UMAGU

Napsal, ilustroval, uspořádal a edičně připravil Rajneesh Pranapati.
Jazykovou korekturu provedla Gabriela Chalupská.
Vydání první
© 2018, Rajneesh Pranapati

https://www.rajneeshpranapati.net
info@rajneeshpranapati.net

Lightning Source UK Ltd.
Milton Keynes UK
UKHW021951080419
340700UK00007B/143/P